Zur Autorin:

Magda Kleiber, geb. Schulz, wurde 1939 in Stettin in Pommern geboren. Nach der Vertreibung gelangte sie 1946 nach Benefeld, wo sie eine neue Heimat fand, 1963 heiratete und zwei Söhne bekam. Sie lebt heute in Bomlitz.

Mit "Cieszyce", den Erinnerungen an ihre Kindheit in Pommern, und "Unter den Eichen vom Mühlenhof" hat sie nicht nur für sich, ihre Familie und die Leserinnen und Leser ein interessantes Zeugnis der jeweiligen Zeit geschrieben. Das Verfassen half darüber hinaus ihr selbst wie auch ihrer Familie, ihre Erlebnisse besser zu verstehen.

Unter den Eichen vom Mühlenhof.
Erinnerungen an eine Jugend in Benefeld.
Bomlitz 1998.

© 1998 Magda Kleiber

Herstellung und Verlag:
BoD - Books on Demand, Norderstedt

ISBN 978-3-73-475799-0

Inhalt

Aller Anfang ist schwer 1
Der Mühlenhof 4
Man muss sich zu helfen wissen 6
Der Nonnenwald und O.W. 9
Schlittenfahrt 10
Weihnachtsfeier bei den Briten 12
Mein schönstes Weihnachtsfest 14
Familie Pauls 15
Die EIBIA 16
Manöver 23
Ostern 24
Dornröschen und ihr Prinzgemahl 25
Die Onkel Ehe 27
Der Hühnerstall 28
Vehlows Kuh kalbt 30
Griebenschmalz 30
Sommerferien 31
O.W. kaufte ein Radio 33
Die neue Schule 34
Püppi ist geboren 36
Sirup kochen 36
Das Weihnachtsfest 37
Silvester 1949 38
Radfahren lernen 39
Milchzähne 40
Der Starenkasten 40
Besuch aus Liensfeld 42
Ostern 1950 43
Omchen und Opa bekommen ihr eigenes Zimmer 44
Der Vormund 45
Billige Helfer 45
Zeltlager 46
Arno Schmidts Spuren 47
Krippenspiel 53

Endgültig	54
Masern	55
Stubben	56
Ich musste immer einkaufen	58
Die Reise mit Omchen nach Northeim	59
Kleiderspende vom Pastor	61
Schulfahrt nach Hamburg	62
Langs schlachten ein Schwein	64
Alle Hunde vom Mühlenhof	65
Der Kleingarten	67
Vehlows haben Nerze	69
Entenleberwurst	74
Erholung in Rittmarshausen	75
Tauti kommt zu Besuch	78
Pilzvergiftung	79
Die neuen Großeltern	80
Noch ein Brüderchen	82
Blinddarm	83
Herzanfall	84
Verpfuschte Karriere	85
Bübchen verliert ein Auge	88
Tante Lang	89
Hochzeit auf dem Mühlenhof	90
Lederwarenfabrik	91
Ich bleibe bei Omchen	94
Blaubeeren	97
Eine Herde schwarzer Schafe	98
Wahre Freundschaft	98
Umzug	99
Der Mühlenhof	103
Nachwort	104

Aller Anfang ist schwer

Das Blätterdach der alten Eiche über meinem Kopf wurde undicht. Ich fröstelte, wischte mir die Tränen ab, und ging zurück. Einige Fenster des großen Hauses waren erleuchtet. Unsere im ersten Stock waren und blieben auch dunkel, wir hatten keine Glühbirne, noch nicht einmal eine Fassung. In unserem Zimmer glänzte nur milde ein Kerzenstummel. Vermisst wurde ich noch nicht. Omchen und Mama waren damit beschäftigt, die Schlafstellen auf dem Fußboden herzurichten. Wir blieben erst einmal in dem kleinen Zimmer, das ein Waschbecken hatte, aber leider nur kaltes Wasser. Die Fensterwand war in 16 kleine Scheiben unterteilt, von denen sich nur vier öffnen ließen. Das andere Zimmer hatte drei Flügelfenster und kein Waschbecken. Zur Toilette (mit Wasserspülung im Haus, das war die einzige Verbesserung) und ins Badezimmer mit Sitzbadewanne ging es über den Flur. Überall war es kalt und ungemütlich. Frau Vehlow, eine Nachbarin, brachte uns heißen Blümchenkaffee und für meine Schwester und mich heiße Milch. Dankbar nahmen wir es an. Wir beide antworteten mit einem artigen Knicks, als sie nach unseren Namen fragte. Ein bisschen mitgebrachtes Brot und die Getränke waren die erste Mahlzeit im neuen "Heim". Dann krochen wir unter die Federbetten.

Schon früh am Morgen kam der Flüchtlingsbetreuer Pfuhl, ein kleiner, etwas kurzatmiger Mann mit einer Aktentasche. Er sagte uns, wo wir Bettgestelle aus dem EIBIA-Lager bekommen könnten und gab uns den Bewilligungsschein. Opa holte sie mit einem geliehenen Handwagen ab. Es waren zwei Bettgestelle aus Holz und eins aus Eisen, die wir im großen Zimmer aufstellten. Das Eisenbett sollte Opa für sich alleine haben. In den beiden Holzbetten, die gut aneinander passten, wollten wir vier schlafen. Beim Bauern Hogrefe in Cordingen, ganz in der Nähe, durften wir die Strohsäcke (aus Liensfeld) stopfen. Opa fragte auch gleich nach Arbeit. Es war gerade Kartoffelernte, da wurden viele Hände gebraucht. In der folgenden Woche sollten wir alle kommen.

Die Strohsäcke waren sehr dick, Opa meinte, mit der Zeit würden sie sich schon platt drücken. Der Flüchtlingsbetreuer besorgte uns noch einen kleinen Kanonenofen mit Rohr, vier Stühle und einen Hocker, so konnten wir alle sitzen. Die Kiste diente als Tisch, man konnte nur nicht die Füße drunterstellen. Opa schaffte Feuerung heran und heizte den Ofen an. Omchen zauberte etwas zu essen und Mama machte die Betten fertig. Fast waren wir komplett eingerichtet, bis auf eine Lampe, an die kam man nur mit Beziehungen heran. So ward aus Morgen und Abend der erste Tag.

Wir schliefen im neuen "Schlafzimmer" nicht ganz wie im Himmel, denn am nächsten Morgen waren wir vier mit Wanzenstichen reich verziert. Nur Opa nicht, in seinem Eisenbett konnten die "Viecher" sich nicht verkriechen. Omchen hatte wie immer ein radikales Mittel. Die Bettgestelle und Strohsäcke wurden runter auf den Hof geschleppt, das Holz mit kochendem Wasser abgeschrubbt, das Stroh verbrannt und die Säcke in heißes Wasser gesteckt. Zum Trocknen hingen wir sie über'n Zaun, die Holzteile lehnten wir schräg an. Der Bauer hat schön gelacht, als wir noch einmal zum Strohsackstopfen kamen. Die Kopf- und Fußenden der Bettgestelle blätterten nach dem Trocknen ab. Omchen konnte nicht wissen, dass Sperrholz "kein kochendes Wasser" verträgt. Opa hat es so hergerichtet, dass wir uns keinen Splitter einziehen konnten.

Zwei Tage nach unserer Ankunft meldeten wir uns bei der Gemeinde Benefeld im Nonnenhof an. Opa sollte wegen Arbeit in der nahen Holzindustrie Cordingen nachfragen, die ihn sicher einstellen würde. Das hörte Opa nicht gerne, er wollte lieber beim Bauern anfangen. Mama bekam eine Karte, damit musste sie nach Walsrode zum Arbeitsamt. Wie ich erwartet hatte, schickte mich der Bürgermeister zur Schule. Um es mir ein wenig schmackhafter zu machen, sagte er: "Es gibt auch in Kürze Schulspeisung." Also das war nun wirklich kein Anreiz für mich. Ein bisschen hatten wir uns im Haus schon umgesehen. Zwölf Familien und Einzelpersonen mit zehn

Kindern im Alter zwischen drei und achtzehn Jahren, insgesamt 37 Personen bewohnten drei Etagen. Jede Partei hatte ein bis zwei Zimmer. Mit den Toiletten musste man sich einigen. Zu der bei uns gingen fünfzehn Erwachsene und zwei Kinder. Wenn man gerade so nötig musste, war's besetzt. Meine Schwester und ich führten dann, wie wir sagten, den "Pieseltanz" auf.

Neben uns wohnte eine Familie Succo mit zwei großen Mädchen, einem Jungen, der Peter hieß und etwa so alt war wie ich, und noch einem kleinen Mädchen, das Julchen genannt wurde. Mit dem Jungen zusammen bin ich zur Schule gegangen, die am Ende des Dorfes in einer Baracke des ehemaligen Steinlagers untergebracht war. In den anderen Baracken wohnten überall Flüchtlinge. Der Klassenraum war für vier Klassen, etwa 60 bis 70 Schüler, mit Sechser-Holzbänken bestellt. Die Klassen fünf bis acht waren in einem ähnlichen Raum untergebracht. Die großen Öfen wurden mit Holz und Brikett beheizt.

In unserer Klasse hing eine Wandkarte von Niedersachsen. Ich blieb an der Tür stehen, bis die Lehrerin Fräulein Loosch kam. Sie wies mir einen Platz neben Lilly zu. In der Stunde fragte mich die Lehrerin, ob ich das "Alphabet" schon könne, was ich verneinte. Ein anderer sagte das "A B C" auf. "Das hätte ich auch gewusst. In meiner Schule in Liensfeld sagten wir A B C dazu", beklagte ich mich. "Halt' den Mund, du bist nicht dran", herrschte sie mich an. Die anderen Kinder kicherten. Nach dem Unterricht wollte ich wieder mit Peter zurückgehen, aber der war verschwunden. Weil ich den Weg nicht kannte, habe ich mich verlaufen und fing an zu weinen. Eine Frau brachte mich ein Stück, bis ich allein weiter wusste. Zu Hause fragte ich Peter: "Warum bist du weggelaufen?" Er antwortete für mich niederschmetternd: "Ich gehe nicht mit Mädchen!" Immerhin waren wir schon im fortgeschrittenen Alter von neun Jahren.

Später wurden wir doch noch Freunde. Am folgenden Montag fuhr Mama mit dem Zug von Cordingen nach Walsrode. Das sind ungefähr zehn Kilometer. Die Fahrt kostete damals hin und zurück 70 Pfennig. Im Wartesaal des Arbeitsamtes lernte sie eine Frau aus dem Steinlager in unserem Ort kennen. Sie nähte und änderte Kleidung auch für Fremde, um etwas Geld zu verdienen, deshalb wurde sie "Schneidermarie" genannt. Die Schneidermarie war unsere erste Bekannte in der neuen Heimat, später ließen wir auch bei ihr nähen.

Opa stellte sich an dem Montag im Büro der Holzindustrie vor und wurde angenommen. Statt darüber froh zu sein, sagte er zu Omchen: "Mutte, Mutte, nu' müssen wir verhungern, jetzt muss ich inner Fabrik arbeiten." "Richtige Arbeit" verstand Opa so: Den ganzen Tag schuften, dass der Schweiß den Rücken 'runterlief, um abends todmüde ins Bett zu fallen. Fabrikarbeit war nur "Rumstehen". Seine Auffassung änderte sich ein wenig, als er den ersten Lohn bekam.

Bei der Kartoffelernte beim Bauern sammelten meistens Frauen hinter dem Kartoffelroder auf Knien rutschend die Knollen in Körbe. Diese wurden dann von Männern auf bereitstehende Treckeranhänger ausgeleert. Meine Schwester und ich sammelten auch welche in Mamas oder Omchens Korb. Es blieben noch genug Kartoffeln liegen, diese durfte man nach Feierabend, ohne zu bezahlen, "stoppeln" (für sich einsammeln). Um recht viele zu finden, musste man mit dem Krätzer ein wenig in der Erde scharren. So verdienten wir unsere Einkellerungskartoffeln.

Der Mühlenhof

Eine Familie Kannengießer erbaute dieses herrschaftliche Fachwerk-Gutshaus für sich und ihre Gäste im Jahr 1901. Es hatte zwei Stockwerke und die Form wie ein T. Alle Räume waren mit Zentralheizung und fließend Kalt- und Warmwasser ausgestattet. Die Doppelzimmer hatten ein Bad mit Toilette, in den Einzelzimmern waren nur Waschbecken. Zum Bad und WC musste man über den Flur. Es hatte drei große, schwere Haustüren und zweiflügelige Fenster mit Oberlicht. Hinter dem Haus war ein schöner Park mit einer gepflegten Rasenfläche.

Rundherum standen sehr alte Bäume wie Linden, Ahorn, Buchen und Rotbuchen, Rot- und Weißdorn, Eiben, Rhododendren und verschiedene Sträucher. Der Park grenzte an einen Mischwald und eine Wiese, die bis an das Flüsschen Warnau reichte. Vom nahen Bahnhof konnte man nachts die schwerbeladenen Kohlenzüge aus dem Ruhrgebiet herandonnern hören, die zur Firma Wolff und Co. auf eigenem Gleis zum Werk rollten. Der ganze Berg bebte ein wenig und die Fensterscheiben klirrten leise.

Zu dem Haus gehörte ein Wirtschaftsgebäude mit Pferde- und Schweineboxen, Stellplätzen für Kutschen, drei Garagen, einer Waschküche und drei Zimmern, damals wohl für die Bediensteten. Auch hier waren Flüchtlinge untergebracht. In einem Zimmer wohnte ein älterer Mann und in den beiden anderen eine Familie mit zwei Mädchen, die so alt waren wie meine Schwester und ich. Hinter dem Wirtschaftsgebäude war ein Speicher mit Keller, in dem alle Bewohner ihre wenigen Vorräte aufbewahrten.

Vor dem Haupteingang war eine runde Rasenfläche, um die ein fester Weg führte. Schräg gegenüber war eine Wassermühle mit zwei Teichen, an denen hohe Kastanien wuchsen. Durch den einen Teich floss die Warnau. Das Müllerhaus war auch von alten Eichen und Kastanien umrahmt. Einige von den damals schon alten Bäumen stehen heute noch.

Schade, der Krieg hinterließ hier, wenn auch nur indirekt, seine Spuren. Dieses schöne Herrenhaus war bis unters Dach mit Flüchtlingen vollgestopft. Zwei Zimmer für Familien mit fünf oder sechs Personen war weniger als behelfsmäßig. Nach und nach wurden die Heizkörper entfernt, um "mehr" Platz zu haben, zumal die Zentralheizung sowieso nicht mehr funktionierte. Jeder schloss einen Ofen an, manchmal musste man mit dem Rohr durch den Nachbarraum zum Kamin. Wenn es nicht anders ging, wurde die Scheibe aus dem Oberlicht herausgenommen und ein Blech mit Loch für das Ofenrohr genagelt. Heute wäre das bautechnisch verboten. Aber damals? Es hat niemals gebrannt, obwohl alles sehr primitiv war.

Man muss sich zu helfen wissen

Nach kurzer Zeit hatten wir uns mit allen Nachbarn bekannt gemacht, sie waren fast alle aus Pommern. Man hatte sich viel zu erzählen, schließlich hatten alle die gleichen Probleme. Bei so vielen Menschen auf engstem Raum muss einfach Ordnung sein. Da war zunächst einmal die Hausordnung, darin war geregelt, wer wann den Flur oben, die Toilette, die Treppe, den Flur unten und die Stufen draußen putzen musste. Ebenso gab es einen genauen Plan, wer wann und wie lange die Waschküche benutzen durfte. Trotzdem gab es hier die meisten Streitereien, wenn einer nicht rechtzeitig fertig war oder nicht alles sauber gemacht hatte. Es ging meistens um nichts, die Nerven lagen eben blank, bei dem geringsten Anlass öffnete sich das Ventil. Aber sonst haben sich alle gut vertragen.

Unser erster Krach kam mit der Stromabrechnung ins Haus. Wir sollten fünfzehn Mark für Strom bezahlen, obwohl wir kein einziges Elektrogerät hatten, nicht einmal elektrisches Licht. Für das ganze Haus war nur ein einziger Zähler vorhanden. Der Stromverbrauch wurde durch die Haushalte anteilsmäßig errechnet, und wir waren eben auch dabei. Es half kein lamentieren, wir mussten bezahlen. Der eine oder andere fand es ja nicht gerecht, aber keiner hat uns das Geld zurückgegeben.

Von irgendwoher bekamen wir einen Küchenherd, den wir im größeren Zimmer anschlossen. Mit den Betten zogen wir in das kleine Zimmer, die dort gerade hineinpassten. Opa hatte im Büro der Holzindustrie Bretter für einen Tisch gekauft, das Geld wurde gleich vom Lohn abgezogen. Jeden Tag brachte er so viele Teile mit, wie er tragen konnte. Die Tischplatte leimte Opa mit viel Geduld aus sechs schmalen Brettern zusammen, dadurch war die Platte nicht ganz glatt. Dieser kleine Fehler wurde mit Wachstuch zugedeckt und rundherum eine Leiste am Rand angenagelt. Wir hatten einen wunderbaren Tisch, sogar mit Schieblade für's Besteck.

Der Tisch und diese Schieblade haben mir einmal aus einer misslichen Lage geholfen. Omchen und Opa hatten später ein Zimmer für sich allein. Damit ich bei den Schularbeiten mehr Ruhe hatte, machte ich sie in ihrem Zimmer an dem Tisch. Neben den Schulsachen hatte ich auch einen Lore-Roman mitgenommen und las darin. Es war so spannend, dass ich die Schritte auf dem Flur nicht hörte. Plötzlich standen Mama, O.W. und Omchen im Zimmer. Ich konnte gerade noch den Roman unter den Tisch halten. Aber wohin damit? O.W. fragte auch schon: "Warum hältst du den Arm so unter'm Tisch?" In meiner Angst hatte ich mit dem Heft den Spalt zwischen Schieblade und Tischplatte gefunden und steckte es hinein. Lächelnd hob ich die Hand hoch: "Ich hab nichts, ich sitz' manchmal so." Meine Angst war noch nicht vorbei, wenn Omchen die Schieblade aufgezogen hätte, wäre der Roman doch noch entdeckt worden. Sie hat aber nicht! Mama und O.W. gingen wieder und mir ist ein Stein vom Herzen gefallen. Omchen war meine Verbündete, ich zeigte ihr mein Versteck. Erleichtert sagte sie: "Da haben wir beide noch mal Glück gehabt." Heute besitze ich diesen Tisch und werde ihn immer in Ehren halten.

Zu drei Mark das Stück kauften wir beim Kaufmann Apfelsinenkisten mit Voranmeldung, denn sie waren sehr begehrt. Daraus bauten wir uns herrliche "Jaffa-Möbel". Neben- oder übereinandergestellt mit einem Vorhang waren sie eine Zierde für jede Wohnung. Auch als Nachtschränkchen eigneten sie sich hervorragend.

Aus Windelmull, den Mama in Walsrode kaufte, nähte uns die Schneidermarie wunderschöne Gardinen mit Rüschen, Opa besorgte bei der Firma die Gardinenbretter. Als alles angebracht war, war es bei uns so gemütlich wie in einer Puppenstube. Warm hatten wir es immer, Opa ließ das Feuer nicht ausgehen, denn draußen war es schon kalt.

Die Kinder sammelten überall Eicheln, Kastanien oder Bucheckern. Wenn ich meine Schularbeiten fertig hatte, gingen meine Schwester und ich mit zwei Blechdosen und einem

Zentnersack auch zum Eicheln Sammeln. Der Weg war nicht weit, um das Haus herum standen ja viele Bäume. Wer seine Dose voll hatte, leerte sie im Sack aus. Wir eiferten manchmal um die Wette, wer es eher schaffte. Meine Schwester holte Opa, wenn der Sack gut gefüllt war. Ich blieb meistens dabei stehen, damit wollten wir vermeiden, dass er uns geklaut wurde. Sicher hätte ich es nicht verhindern können, aber gesehen, wer's war. Opa band den Sack zu und trug ihn auf seinen Schultern nach Hause.

Am Wochenende lieferten wir das Ergebnis bei Onkel Lang ab. Der hatte den hinteren Teil des Wirtschaftsgebäudes gemietet. Dort waren auch sein Pferd und sein Dreirad-Auto untergebracht. In seiner Heimat im Erzgebirge war er Förster, hier betrieb er mit seinem Sohn eine kleine Holzhandlung. Sie rodeten im Wald Stubben und brachten sie mit dem Pferdewagen nach Hause. Auf der Kreissäge wurden sie zersägt, dann gehackt. Mit dem Dreirad-Auto fuhren sie das ofenfertige Holz zu ihren Kunden.

Als ehemaliger Förster half er dem hiesigen ein wenig und nahm das Sammelgut an, dass in den Schweineboxen gelagert wurde. Für einen Zentner Eicheln gab es drei Mark, für einen Zentner Kastanien fünf Mark und für ein Kilo Bucheckern gab es auch fünf Mark. Bucheckern sammeln war ein sehr mühseliges Geschäft. Wenn es dabei auch noch nieselte, waren die Hände so kalt und steif, dass man die kleinen Bucheckern gar nicht mehr festhalten konnte.

Aus Eicheln und Kastanien bastelten wir beide uns kleine Püppchen. Zum Liebhaben waren sie zu klein, trotzdem spielten wir sehr schön mit ihnen. Im Zimmer wurden sie schnell schrumpelig, dann machten wir uns neue, wir hatten ja kein anderes Spielzeug.

Der Nonnenwald und O.W.

Jedes Wochenende war im Nonnenwald Tanz. Die Kapelle von damals gibt es heute noch mit dem Namen, natürlich mit anderen Musikern. Während des Krieges bekamen die Gefangenen, die im Steinlager untergebracht waren, im Nonnenwaldsaal ihr Essen. Die Gefangenen mussten alle in der EIBIA, dem Gelände der Pulverfabrik, arbeiten.

Mama ging mit jungen Leuten vom Mühlenhof dorthin, denn sie tanzte für ihr Leben gern. Dort traf sie auch unseren späteren Stiefvater, den ich O.W. nenne. Zunächst war diese Begegnung für Mama sehr schmerzhaft. Im Schwung des Tanzes trat er ihr so heftig auf den großen Zeh, dass der Knochen brach. Damit war die Verbindung für einige Zeit unterbrochen, sie haben sich aber wiedergefunden. Im November besorgte O.W. uns aus der EIBIA, wo er beschäftigt war, eine Fassung mit einer Glühbirne. Er schloss sie auch an, denn Opa hatte davon keine Ahnung. Als das Licht brannte, sagte Opa mit Tränen in den Augen: "Endlich Licht!" Dabei nahm er O.W. ganz fest in seine Arme.

Von unserm Bauern hatten Omchen und Mama ein Spinnrad ausgeliehen. Sie wollten etwas Geld verdienen und spannen für fremde Leute Schafwolle und Watte. Die Kunden waren alle zufrieden, bis auf eine Frau, die meinte, wir hätten Wolle zurückbehalten und behauptete: "Da, Ihre Kinder haben ja davon schon Pullover an!" Das ließen Omchen und Mama nicht auf sich sitzen, sie borgten eine Haushaltswaage und wogen die Knäuel und Abfälle vor ihren Augen. Nach einem Blick auf die Anzeige gab sie klein bei, bezahlte und ging. Einige Zeit später kam sie noch einmal mit Wolle an. Aber wir haben sie rausgeschmissen.

Omchen und Mama nahmen auch Strickarbeiten an. Da beide gleichmäßig strickten, konnten beide gleichzeitig an einer Jacke oder einem Pullover arbeiten. Jetzt, wo wir Licht hatten, strickten sie auch nachts. Die Lampe hing dicht an der Decke, weil die Schnur so kurz war. Sie stellten die Stühle auf den

Tisch, um dem Licht näher zu sein. Morgens hatten sie immer alle Teile fertig, die dann nur noch zusammengenäht wurden. Trotzdem gab es für diese mühevolle Arbeit sehr wenig Geld.

Damals hatte der Schwarzhandel Hochkonjunktur, man konnte alles für Geld oder Tausch bekommen. O.W. besorgte uns einen Zwischenzähler. "Er hat nur 20 Mark gekostet", freute er sich. "Und wie kriegen wir den dran?" fragten wir ungläubig. "Ganz einfach", sagte er und schaute sich um, "ein paar Leitungen müssen neu- oder umgelegt werden, dann geht's." Wir sagten im Haus bei allen Nachbarn Bescheid, dass wir den Strom etwa ein bis zwei Stunden abschalten würden. Dann hatten wir einen eigenen Zähler. Das gute Stück prangte neben der Tür des großen Zimmers. Wir konnten nun gelassen der nächsten Stromrechnung entgegensehen. Als der Stromableser kassieren wollte, gab es natürlich Krach. Endlich wollten alle wissen, wer die hohe Stromrechnung verursachte. Schließlich stellte sich heraus, es war das Ehepaar Schmidt unter uns. Der Mann arbeitete Tag und Nacht am Schreibtisch und dabei ließ er sich von einem Elektroheizofen anstrahlen. Nach kurzer Zeit bekamen alle einen Zwischenzähler, womit dieser Streit beendet war. Mit Schmidts hatten wir viele kleine Reibereien. Mama ging keinem Streit aus dem Weg und Frau Schmidt auch nicht. Trotzdem kaufte Mama gebrauchte Kleidungsstücke von Schmidts, die sie von seiner Schwester aus Amerika geschickt bekamen.

Schlittenfahrt

Der Winter setzte sehr früh ein. Mein Schulweg führte hinter dem Speicher einen kleinen Berg hinauf, an den Kleingärten und dem Sportplatz vorbei. Nachmittags war auf dem kleinen Berg ein munteres Treiben. Aus dem ganzen Dorf kamen die Kinder mit ihren Schlitten hierher zum Rodeln. Man konnte von den Kleingärten in einem großen Bogen bis zur Mühle hinuntersausen. Die Mühle war noch voll in Betrieb. Mit Pferdewagen brachten die Bauern ihr Korn zum Mahlen. Nicht selten standen zwei oder drei Fuhrwerke in Wartestellung, dann wurden die Pferde schon mal unruhig. Die Schlittenfahrer mussten rechtzeitig bremsen, damit sie nicht unter die Hufe kamen, wenn sich ein Fuhrwerk zur Abfahrt in Bewegung setzte. Die großen Jungen haben manchmal drei oder vier Schlitten zu Bobs zusammengebunden, dann ging es in rasender Fahrt und unter "Bahn frei" Geschrei an heraufstapfenden Kindern vorbei nach unten. Nicht selten ist so ein Gefährt umgestürzt, aber wirkliche Unfälle hat es nicht gegeben. Meine Schwester und ich durften mitfahren, wenn noch Plätze frei waren, sonst schlitterten wir abseits auf einer glatten Nebenbahn. Das unangenehme waren die harten Schneebälle. Große Jungen warfen sie und steckten den Mädchen Schnee in den Kragen.

Morgens zur Schule musste ich auf allen Vieren mühevoll den Berg hinaufklettern. Alles war glatt, es ging mehr runter als rauf. Auf dem Rückweg war ich oft schneller unten als ich wollte. Waren die Mühlenteiche endlich zugefroren, kamen Kinder und Erwachsene zum Schlittschuhlaufen. Eingebrochen sind auch mal welche, sie wurden aber alle gerettet. Als Lebensretter waren jedes Mal der junge und der alte Müller Westermann mit einer Leiter zur Stelle. Meine Schwester und ich durften nicht auf's Eis, zu Hause hat es eindringliche Warnungen gegeben. Die Versuchung war manchmal so groß, dass wir es doch ganz kurz gewagt haben.

Erwachsene und Kinder vom Mühlenhof haben einmal im Park in Gemeinschaftsarbeit einen Schneemann gebaut. Zwei große Rollen als Rumpf und eine kleine Rolle für den Kopf wurden von Männern übereinander gestellt. Für die Arme wurden zwei längliche Rollen angebracht. Wir Kinder haben mit den Händen alles schön glatt gestrichen. Es hat so viel Freude gemacht, dass wir die Kälte gar nicht spürten. Zwischendurch flogen auch selbstverständlich Schneebälle, das machte das Vergnügen doch erst vollkommen. Jede Familie stiftete etwas: einen alten Topf als Hut, eine große Mohrrübe für die Nase, ein kurzes Stöckchen war der Mund, und das Wertvollste waren fünf Eierkohlen, als Augen und Knöpfe. Dann steckte Opa ihm einen Strauchbesen in den Arm. Mit dem gelungenen Werk waren alle zufrieden. "Er ist wirklich ein stattlicher Schneemann", sagten auch die, die nicht mitgemacht hatten. Am nächsten Tag waren die Eierkohlen verschwunden. "Die hat wohl jemand zum Heizen gebraucht", wurde gewitzelt. In die Löcher haben wir dann Kartoffeln gesteckt. Der Schneemann blieb eine längere Zeit standhaft.

Weihnachtsfeier bei den Briten

Die britischen Soldaten in unserer Kreisstadt Fallingbostel luden jedes Jahr aus allen Schulen des Kreises Flüchtlingskinder zur Weihnachtsfeier ein. Dazu lernten wir bei Fräulein Loosch Weihnachtslieder und -gedichte auswendig. Wer es am besten vortragen konnte, sollte es in Fallingbostel aufsagen. In der Adventszeit machten wir jeden Montagmorgen in der Schule eine kleine Feierstunde. Die Mutter eines Mitschülers hat uns einen Adventskranz geschenkt. Wir zündeten die erste Kerze an, sagten die Gedichte auf und sangen die Lieder, wie in einer Generalprobe. Zum Schluss las die Lehrerin immer eine Geschichte vor.

Zu Hause machten wir am Sonntag eine Adventsstunde, wenn es dunkel war. Mama hat einen Adventskranz gebunden, die Tannen holten wir aus dem nahen Wald. Wir zündeten die erste Kerze an, und ich sagte mein Gedicht aus der Schule auf. Zusammen sangen wir mit Omchen und Mama Weihnachtslieder. Opa hat nicht mitgesungen, aber er hatte das sehr gern. Manchmal erzählte er aus seiner Kindheit gruselige Geschichten. Omchen schimpfte dann mit ihm, weil meine Schwester und ich im Dunkeln Angst hatten.

Bei der letzten Probe in der Schule wählte die Lehrerin vier Kinder aus, die ein Gedicht vortragen sollten. Ich war dabei und sollte das Gedicht von Theodor Storm "Knecht Ruprecht" aufsagen. Meine Banknachbarin Lilly lud mich zu sich nach Hause ein, weil ich im Ort noch nicht so genau Bescheid wusste. Von da aus gingen wir zusammen zum Treffpunkt. Zwei offene Militärlaster holten fast alle Kinder und Lehrer aus unserer Schule ab. Um dem kalten Fahrtwind zu entgehen, gingen wir alle in die Knie. In der Kaserne nahmen uns die Soldaten freundlich in Empfang und führten uns in einen großen weihnachtlich geschmückten Saal. Viele Kinder aus den umliegenden Orten hatten schon Platz genommen. Die Tischreihen waren weiß gedeckt. Auf jedem Platz lag ein in Weihnachtspapier eingepacktes Päckchen. Schön geschmückte Tannenbäume mit brennenden Kerzen reichten bis zur Decke. Unsere Mäntel hängten wir an Garderobenhaken, davon waren bestimmt 200 in einer Reihe an der Wand. Als alle saßen, wurde auf der Bühne, die auch geschmückt war, von einem Chor ein Weihnachtslied gesungen. Dann stieg ein Soldat hinauf und hieß uns im Namen der britischen Armee herzlich willkommen. Wir dankten auf ein Zeichen unserer Lehrerin mit Applaus. Teller mit Kuchen und Plätzchen wurden hereingebracht. Zu trinken gab's Kakao. Wir schlugen uns die Bäuche voll.

Die Lehrerin winkte die vier zum Gedichtvortragen zur Bühne. Ich hatte mich schon umgesehen, alle Kinder waren "fein" angezogen. In der Menge fiel es nicht so auf, wie schäbig ich mit meiner dunkelblauen Trainingshose und dem alten Kleid aussah. Aber da oben auf der Bühne im hellen Licht würden mich sicher alle auslachen, da war es egal, wie gut ich das Gedicht aufsagte. Nein, das wollte ich mir nicht antun! Die Lehrerin fand schnell Ersatz. Mit mir schimpfte sie, das war nicht so schlimm wie Auslachen.

Am Schluss kletterten wir alle mit den Päckchen unterm Arm auf die Autos. Lilly wurde von ihrer Mutter abgeholt, und ich? - Ah, ja, meine Mama war auch gekommen. Die Süßigkeiten aus dem Päckchen sollten bis Weihnachten bleiben, aber dann hatten wir sie doch schon lange vorher aufgegessen.

Mein schönstes Weihnachtsfest

Eines Abends kam O.W. zu uns, wir beide begrüßten ihn wie immer mit artigem Knicks. Nach einem bisschen Drumrumreden holte er einen Zollstock aus seiner Manteltasche und wollte einmal unsere Größe messen. Ich weiß heute nicht mehr wie viel es war, jedenfalls staunte er: "So groß seid ihr schon!" Dann fragte er, was wir beide uns zu Weihnachten wünschen. "Ich möchte eine Puppe", kam es beinahe wie aus einem Munde. Bis Weihnachten war es nicht mehr lange hin. In der Schule gab es bald Weihnachtsferien.

Wir konnten es kaum abwarten, zählten die Tage und schwankten zwischen Hoffen und Bangen. Umso strahlender waren unsere Augen, als wir den Tannenbaum mit den vielen bunten Lichtern erblickten. Vor dem Baum standen zwei Puppenkarren, eine kleinere und eine größere mit bunten Kissen und kleinen Püppchen darin. Wir beide waren selig vor Glück und schlossen die Püppchen gleich in die Arme. Mama, Omchen und Opa waren ganz gerührt, und O.W. war auch da. Mama sagte: "Ihr müsst Euch bei O.W. bedanken." Ich glaube, wir haben ihn vor Freude fast erdrückt. Im Nachhinein kann ich sagen, O.W. bescherte uns das schönste Weihnachtsfest.

Die Brettchen für die Puppenkarren hat Opa besorgt. O.W. hat sie verarbeitet und schön gestrichen. Unsere Größen brauchte er für die Griffhöhe. Meine Karre hatte Holzräder, für die Karre meiner Schwester hatte O.W. in der EIBIA die Ventilrädchen der ausgedienten Heizkörper abgeschraubt. Weil das Loch in der Mitte viereckig war, gab es beim Fahren der Karre ein lautes, ratterndes Geräusch. Der Vorteil war, man wusste immer genau, wo meine Schwester gerade war. O.W. ist mit der Arbeit gerade rechtzeitig fertig geworden, die Farbe roch noch ganz frisch. Meine Puppe hat er zuerst gekauft. Sie hatte Schlafaugen, einen ausgestopften Körper und ein schönes Kleid. Für die kleinere Zelluloid-Puppe musste er dem Schwarzhändler etwas mehr bezahlen, sonst hätte er sie nicht verkauft. Mama hat die Kissen und die Kleidchen mit der Hand genäht. Es war ein richtiges Team-Werk. Ich glaube, mit unserer großen Freude sind sie alle belohnt worden.

Familie Pauls

Im obersten Stockwerk wohnten eine alte Dame in einem Zimmer und Frau Pauls mit fünf ihrer erwachsenen Kinder in zwei Zimmern und dem großen Flur. Der Rest der Etage war Boden. Hier hängten alle Hausbewohner die Wäsche zum Trocknen auf, auch einiges Gerümpel lag dort herum. Frau Pauls älteste Tochter war schon verheiratet und bewohnte mit ihrem Mann das Zimmer im Parterre neben Schmidts. Mit Erna, der jüngsten Tochter, freundete ich mich an. Sie war etwas älter als ich und passte nachmittags immer auf den kleinen Sohn der Müllersleute Familie Westermann auf. Die wohnten mit alt und jung in einem Häuschen ganz nah am Mühlenteich. Der Kleine war so ein süßes Kerlchen, dass ihn alle "Heinerle" nannten. Als ich das erste Mal in Ernas Wohnung kam, stand einer ihrer Brüder mit nacktem Oberkörper vor dem Spiegel und rasierte sich. Erschrocken wollte ich zurück gehen, sie lachten, und Erna zog mich weiter. Die Geschwister waren Schichtarbeiter bei der Firma Wolff und Co., deshalb waren nicht alle gleichzeitig fort. Oft hat die Familie miteinander Karten gespielt. Sie hatten ein altes Rommé-Spiel, von dem schon einige Karten fehlten. Das Spiel nannten sie "Krieg". Man konnte es mit zwei oder mehreren Personen spielen. Ich habe es schnell gelernt und ging fast täglich zu ihnen hinauf. Erna war eine echte Freundin, manchmal spielten wir beide zusammen mit Heinerle.

Dass Pauls nach Kanada auswandern wollten, erfuhr ich erst kurz vor ihrer Abreise, als sie schon ihre Sachen packten und den Rest verkauften. Weil ich so traurig war, schenkten sie mir zum Abschied das Kartenspiel. Ich habe es viele Jahre aufgehoben, aber nie mehr damit gespielt. Familie Pauls ging durch das ganze Haus, um sich von allen Nachbarn zu verabschieden. Ich hatte mich versteckt, sie sollten nicht sehen, dass ich weinte. Von Familie Pauls habe ich nie mehr etwas gehört.

In meinem Schmerz fragte ich Frau Westermann, ob ich nun auf Heinerle aufpassen dürfe. Sie meinte: "Heinerle ist groß genug, er braucht keinen mehr."

In die freigewordene Wohnung zogen "Tante und Onkel Lang", wie wir sie inzwischen nannten, mit ihrem erwachsenen Sohn Herbert. Es war schon ein eigenartiges Verhältnis: Omchen nannte Tante Lang beim Vornamen. Zu ihm sagte sie Onkel Lang und beide sagten "Oma" zu ihr.

Die EIBIA

Während des Zweiten Weltkrieges war die EIBIA in Bomlitz/Benefeld mit ihren Zweigwerken Dörverden und Liebenau die größte Munitionsfabrik Europas. Es fing wie immer ganz harmlos an. Im Jahre 1815 kaufte August Wolff eine heruntergekommene Papiermühle und baute sie als Pulvermühle um. Wie gefährlich diese Produktion war, zeigten bis 1828 fünf Explosionen. Nach diesen Schwierigkeiten dachte August Wolff daran, wieder Papier herzustellen, zumal auch seine Mutter nicht von ungefähr mahnte: "August, August bau lewer ne Grüttmöhl, die flüggt nich up." Doch 1840 war die erste gefahrvolle Krise der Firma vergessen. Die Absatzlage forderte mehr Pulver, also größere Fabrikationskapazität. Um weitere Mühlen errichten zu können, kaufte August Wolff ein 553 Morgen großes Stück Land dazu.

Fast 100 Jahre später, 1935, trat das Reichsministerium mit der Frage an die Firma Wolff heran, ob sie nicht größer in die Pulverproduktion einsteigen wolle. Wolff war interessiert und gründete durch die Zeitereignisse eine Tochtergesellschaft im Benefelder Raum. Das erklärte Ziel des Diktators Adolf Hitler war, Deutschland zu militärischer Größe und dann in den Krieg zu führen. 1938 ging das Tochterunternehmen in eine

Gesellschaft mit beschränkter Haftung über und wurde fortan "EIBIA" genannt, weil auf dem Gelände so viele Eiben wuchsen. Später wurde daraus die "Geheime Reichssache EIBIA".

Diese Gründung erhob Benefeld mit einer Urgewalt aus seinem "Dornröschenschlaf" in eine moderne Industriewelt. Die Arbeiter wohnten in schnell erbauten Baracken, dem sogenannten "Steinlager Nonnenwald", auf dem Gebiet des ehemaligen Nonnenhofes.

Alle Werkstätten waren in verhältnismäßig kleinen unterirdischen Bunkern untergebracht. Jeder Bunker hatte in weiser Voraussicht eine Leichtbauwand als Sollbruchstelle, damit nicht gleich alles in die Luft flog. Sie waren alle unterirdisch miteinander durch Leitungen verbunden. Sämtliche Gebäude waren aus massivem Beton und so gut getarnt, dass das Werk während des Krieges nicht entdeckt wurde. Auf jedem Gebäude war eine Pflanzung aus Birken, Kiefern und Gras. Seitlich hatten die Dächer Kerben, wo die untenstehenden Bäume durchwuchsen. Die Dachkanten hatten geschlängelte Ränder, gerade Linien gibt es in der Natur nicht und wären aufgefallen.

Die Arbeitsstätten der Nitroglyzerin-Versuchsanstalten waren mit einem großen Wasserbehälter an der Decke gesichert. Für den Fall einer Explosion entleerte er sich automatisch. Man musste dann nur versuchen, sich vor dem herunterkommenden Wasserschwall zu retten.

Der Heizturm wurde erst 1948 gesprengt. Er war mit einer Luftansauganlage versehen, die den Rauch verdünnte, so dass dieser nicht sichtbar war.

Das ganze Gelände hatte ein unterirdisches Schienennetz von neun Kilometern und ein Straßennetz von 20 Kilometern, mit einem Anschluss für jeden Bunker. Es war eine richtige unterirdische Stadt, manche Bunker waren drei Stockwerke tief in der Erde, von der das Propaganda-Ministerium in den Nachrichtensendungen schwärmte. Omchen und Opa hatten auch im Radio gehört: "Hitler baut eine Stadt". Doch niemals haben sie daran gedacht, dass wir unser Dorf verlassen müssten, um diese Stadt zu sehen und einmal in der Nähe zu wohnen.

Die gesamte Grundfläche betrug 180 Hektar. Dazu mussten drei Höfe enteignet werden: der Hof der Familie Hoops in in Uetzingen, der Mühlenhof-Gutshof in Cordingen der Familie Kannengießer und der Nonnenhof der Familie Hansen in Benefeld. Die Aufrüstung war wichtiger als das Schicksal der Bevölkerung des Ortes.

Das namenlose Unglück der Vertreibung der Ostheidmärker nahe Fallingbostel: Ostenholz, Westenholz, Einzigen, Obereinzingen und so weiter. Rücksichtslos wurde das Drama der Auswüstung der Höfe betrieben durch Enteignung, aus Gründen des Bedarfs eines Truppenübungsplatzes. Heute ist er der größte zusammenhängende in Europa.

Nach 50 Jahren wurden die ehemaligen Bewohner zu einer Feierstunde eingeladen. Bei der Besichtigung des Geländes spielten sich erschütternde Szenen ab.

Der Produktionsverband beschäftigte im Laufe seines Bestehens bis zu 16000 Menschen. Bei Explosionsunglücken kamen 19 Männer zu Tode und 101 Männer wurden verletzt. Von privaten Baufirmen kamen Arbeiter, Wehrpflichtige, Häftlinge und später Kriegsgefangene aus allen eroberten europäischen Ländern. Errichtet wurden 262 Gebäude, davon 38 unterirdisch, 56 umwallt und 168 überirdisch im Wald. Darunter ein Wasserwerk, Lagerhallen, Ladehäuschen für Elektrokarren, Tankstellen für die Dampfloks und die beiden halbunterirdischen Kraftwerke von je 7500 Kilowatt Leistung.

Bauherr war nicht Wolff oder die EIBIA, sondern das Reichsunternehmen "Montan Industriewerke GmbH". Die Nachfolgefirma dieses Unternehmens ist die "Industrieverwaltungsgesellschaft" (IVG) mit Sitz in Bonn-Bad Godesberg.

Um die deutschen Arbeiter unterzubringen, baute man im Schnellverfahren in Benefeld Zwei- und Vierfamilienhäuser und Garagen mit vier Einstellplätzen für Angestellte mit und ohne Familien, die Siedlungen Lohheide-Nord und -Süd. Die Siedlungs-, Ufer-, Rain-, Wald- und Feldstraße wurden mit drei verschiedenen Haustypen für bessergestellte Familien bebaut. Jedes dritte Haus hatte einen kleinen Luftschutzkeller. Alle Häuser wurden nach Möglichkeit in den bestehenden Wald integriert. Die Dächer waren alle mit blaugrauem Schiefer gedeckt, das fiel dem Feind aus der Luft im Gesamtbild nicht so auf.

Für Kriegsgefangene wurden nur einfache Bretterbuden aufgestellt und mit einem hohen Zaun umgeben. Die Gefangenen wurden immer bewacht und zur und von der Arbeit geführt.

Die EIBIA wurde oft von oberster Stelle für die gute Arbeit gelobt. Noch 1944 sollen bis April insgesamt 33000 Tonnen Pulver hergestellt worden sein.

Am 17. April, einem Dienstag, erreichten die Engländer Bomlitz. Sie befreiten alle Arbeiter und Gefangenen und besetzten die Werke Wolff und EIBIA. Das Kriegsende löste eine wahre Menschenflut aus. Die Fremdarbeiter wollten in die Heimat zurück, aus den deutschen Ostgebieten kamen Flüchtlinge und Vertriebene. In Bomlitz trafen sich diese beiden Ströme. Die sich rasch leerenden Baracken und Siedlungshäuser wurden umgehend wieder von Flüchtlingen in Besitz genommen. Es ist auch nicht immer alles glatt gegangen.

Wenige Monate nach dem Krieg durfte die Firma Wolff und Co. Bomlitz die Produktion von Kunstdärmen aufnehmen. Das gab wieder Hoffnung, auch für die Menschen in diesem Raum Arbeit. Heute ist "Wolff Walsrode", eine Tochterfirma der Bayer AG in Leverkusen, weltbekannt. Damals wie heute hält man alle Neugeborenen in Richtung Wolff mit den Worten hoch: "Da müsst Ihr einmal arbeiten!"

Die Demontage war Teil der alliierten Nachkriegspolitik. Sie plünderten die EIBIA-Fabrik aus. Ein lohnendes Objekt, denn der Neubau soll annähernd 400 Millionen Reichsmark verschlungen haben. 1946 wurden Privatfirmen mit der Demontage beauftragt. Jedes irgendwie verwertbare Teil wurde ausgebaut und dann in die durch den Krieg geschädigten Länder der Kriegsgegner Nazi-Deutschlands verschickt. Die deutschen Arbeiter wurden von alliierten Aufsichtskräften überwacht. Das funktionierte natürlich nicht immer. Die Arbeiter bedienten sich auch selbst, es war nicht einzusehen, dass wertvolle Teile ins Ausland transportiert wurden, wo doch zu Hause die Not groß war. Teure Metalle wurden in kleinen Mengen mit der Aktentasche aus dem Werksgelände geschmuggelt. Blei verschwand in großen Mengen, Schuldige ließen sich nie finden. Rohstoffe, Kabel oder Metalle ließen sich hervorragend absetzen und erzielten gute Preise. Um an das Kupfer zu kommen, musste die Gummischicht an den Kabeln abgebrannt werden. Wochenlang hat es bei vielen Häusern nach verbranntem Gummi gestunken, und über dem Ort lag eine dunkle Rauchwolke.

O.W. hat sich auch eine Kabelrolle besorgt und aus dem Werk geschafft, das von einem zwei Meter hohen Zaun umgeben war. Irgendwo waren Löcher, und an einem hat Mama gewartet, um beim Transport zu helfen. Leider sind sie dabei beobachtet und angezeigt worden. Deshalb kam die Polizei zu uns. Es war Sonntagmorgens, Opa lag noch im Bett, als es an die Zimmertür klopfte. Ahnungslos öffnete er im Nachthemd die Tür. Als er die Beamten sah, ist ihm der Schreck gleich so auf den Darm geschlagen, dass er es nicht mehr bis zum Klo schaffte. Die Beamten waren indessen schon im anderen Zimmer und sind dort wohl auch erschrocken empfangen worden. Da diese eine Rolle gleich herausgegeben wurde und die Beamten weiter nichts gefunden haben, kamen O.W. und Mama mit ein paar Mark Strafe davon. Das "Diebesgut" ist konfisziert worden. "Nimm nichts mit, man kommt in Teufelsküche", hatte Opa O.W. in vielen Gesprächen immer wieder gewarnt. "In meinem ganzen Leben hatte ich nie etwas mit der Polizei zu tun. Meine Tochter bringt uns alle ins Gefängnis", sagte er. Im Frühjahr 1949 waren die Demontagen nahezu abgeschlossen, und die Briten begannen mit der Sprengung der Anlagen. Sobald ein Bunker ausgeräumt war, wurden Löcher in die Wände gebohrt, mit Sprengstoff gefüllt, und dann jagten die Sprengkommandos die Bunker in die Luft. Von morgens um sieben Uhr bis nach mittags gegen 14.30 Uhr wurde demontiert, dann mussten die Arbeiter das Gebiet räumen. Ab 15 Uhr erschütterten Explosionen die Region Benefeld/Bomlitz. Bevor es so weit war, wurde ein Signal gegeben, damit die Bewohner der Ortschaften um die EIBIA Fenster und Türen öffnen und die Häuser verlassen konnten.

Wir Mühlenhöfer hatten einen sicheren Unterschlupf in unserem "Bunker". Wenn wir ihn nicht gehabt hätten, wüsste ich nicht, wo wir hingegangen wären. In der Böschung des Parks lag ein großes verrostetes Rohr. Es war ungefähr vier Meter lang, der Durchmesser war etwa zwei Meter und die Rohrwandung war drei Zentimeter dick. Wie dieses sicherlich tonnenschwere Ungetüm dahin gekommen ist und wozu es einmal gebraucht wurde, wusste niemand. Eigentlich wollten Opa und O.W. einen Lagerraum für unser Brennmaterial schaffen. Sie schachteten so viel Erde aus, dass man in der Mitte stehen konnte. Oben waren zwei Öffnungen nebeneinander in der Mitte und eine am Rand hinten, so groß, dass ein Ofenrohr hinein passte. Für den Eingang wurde ein Bretterverschlag mit Tür gezimmert. Sie hatte sogar ein kleines Fenster. Für Wärme sorgte ein Kanonenofen. Jeder brachte etwas zum Heizen und eine Sitzgelegenheit mit. Für Essen und Trinken musste auch jeder selbst sorgen, man wusste ja nicht, wie lange es dauern würde, bis Entwarnung kam. Anfangs hatte man sich viel zu erzählen, aber nach mehreren Stunden ging der Gesprächsstoff aus, die Kinder wurden auch ungeduldig.

Einige Nachbarn entdeckten bei der Rückkehr in ihre Wohnungen, dass sie von Dieben beehrt worden waren. Frau Succo hat beim nächsten Mal ihre Zimmertür abgeschlossen.

Durch die Wucht der Detonation ist die Tür aus den Angeln gerissen. Einmal warteten wir schon recht lange auf den Explosionsknall. Ungeduldig steckte Omchen den Kopf aus der Tür, in diesem Moment knallte es, und sie spürte den gewaltigen Luftzug. Sie sagte: "Den ganzen Nachmittag sitzt man im Bunker, und im entscheidenden Augenblick hält man den Kopf raus." Ihr ist außer dem Schreck nichts passiert. Wenn es knallte, flogen Betonbrocken durch die Luft. Der alte Mühlenhof ist bei jeder Explosion in seinen Grundmauern erschüttert, und die Wände bekamen Risse.

In der EIBIA sank ein Gebäude nach dem anderen in sich zusammen. Nichts blieb übrig, die Engländer machten reinen Tisch. Nach den Sprengungen, die mehrere Wochen andauerten, geschah offiziell nichts mehr in diesem Gebiet. Inoffiziell begann die zweite Demontage, denn es war noch genügend geblieben, das sich für die private Verwertung abzubauen lohnte. Steine wurden herausgeschlagen und Holzteile abgesägt. Einige versuchten sich an den Fliesen der Labors und Waschräume, hatten jedoch wenig Erfolg, weil die Platten zerbrachen. Liebhaber fanden auch die Dusch- und Toilettenbecken. Unter teilweise haarsträubenden Bedingungen bargen Benefelder Einwohner die letzten Kabelreste, kletterten in Schächte und Tunnel, um dort nach Buntmetallen zu suchen. Dann wurde es langsam still in der EIBIA, dort war nichts mehr zu holen, der Zaun und die verschlossenen Tore hinderten den Zugang.

Die ehemalige kurze Blüte der Kriegsmaschinerie und die abgerissenen Höfe, Menschen und Tiere sind nicht mehr da, alles Vergangenheit. Die Natur holt sich ihr Recht und überwuchert gnädig die Trümmer. Heute ist dieses Gelände ein Schutzgebiet mit Wanderwegen für Erholungssuchende.

Die Verwaltungsgebäude wurden zum Teil von der Freien Waldorfschule und zum Teil von der Gemeinde Benefeld gepachtet. Das Gelände untersteht noch immer teilweise der "IVG". In den gesprengten Leitungen befindet sich heute noch mancher Rest von Nitroglyzerin. An der Warnau befinden sich zwei Brunnen in 28 Metern Tiefe, die abwechselnd klarstes, eisenhaltiges Trinkwasser für ganz Benefeld pumpen.

Manöver

Mittlerweile hatten Opa und Mama Fahrräder. Wir nahmen sie immer mit hoch auf unseren Flur. Mama und Omchen waren zum Einkaufen gegangen. Opa war auch nicht da, er war aber nicht zur Arbeit, dorthin fuhr er mit dem Rad, und das stand noch da. Meine Schwester und ich waren noch im Bett.

Ungewohnte Geräusche ließen uns aus dem Fenster sehen. Militärfahrzeuge fuhren in unseren Park. Russen! Mein Herz blieb fast vor Schreck stehen. "Die Russen kommen auch hierher!" flüsterte ich. Schnell liefen wir in das andere Zimmer und sahen durch das Fenster, wie die sich dort niederließen. Die Soldaten warfen Tarnnetze über die Autos. "Es ist wieder Krieg", weinte ich. Meine Schwester wollte wissen: "Tun die uns was?" Ich nickte nur mit dem Kopf. Vorsichtshalber habe ich die Fahrräder mit ins Schlafzimmer genommen, schloss die Tür zu und zog den Schlüssel ab. Falls einer durch das Schlüsselloch schaute, war eben keiner zu Hause. Wir beide legten uns wieder in die Betten und waren mucksmäuschenstill.

Mit klopfenden Herzen warteten wir, was passieren würde. Nach einiger Zeit hörten wir Schritte und Gemurmel auf dem Flur. Wir beide klammerten uns aneinander. Es klopfte an unsere Tür: "Macht auf, warum habt Ihr zugeschlossen?" rief Mama. Ein Glück, Omchen und Mama waren zurück, wir erkannten ihre Stimmen. Schnell schloss ich auf. "Seid leise!" sagte ich: "Habt Ihr die Russen nicht gesehen? Da, ich habe schon die Fahrräder reingeholt." "Warum denn?" fragte Mama. "Das sind doch keine Russen. Das sind Engländer, vor denen müsst ihr keine Angst haben, die tun uns nichts! Die machen hier Manöver, sie spielen nur Krieg", klärte sie uns auf. Mit Lachen und Weinen fielen wir uns in die Arme. Richtig froh war ich erst, als die Soldaten endlich wieder abzogen.

Ostern

Jeden Sonntag war in unserer Schule, von der Kirche aus, die Sonntagsschule. Dort wurde für die Kinder der unteren Klassen eine Art Religionsunterricht abgehalten. Da es kurz vor Ostern war, erzählte uns eine Frau vom Einzug Jesu in Jerusalem und von der Kreuzigung am Karfreitag. Ich hatte wohl nicht richtig mitgekriegt, dass dieses Ereignis schon fast 2000 Jahre zurück liegt.

Als meine Schwester und ich im Bett lagen, erzählte ich ihr davon: "Jesus war so ein lieber Mensch, der nur Gutes getan hat. Er vollbrachte Wunder an Lahmen und Blinden, und schreckliche Menschen haben ihn ans Kreuz geschlagen."

Das tat uns beiden so leid, dass wir anfingen zu weinen. Omchen hatte es schwer, uns zu trösten. "Ach", sagte sie, "darüber müsst Ihr jetzt nicht mehr weinen, das ist so lange her, auch die, die das getan haben, leben schon lange nicht mehr." Zur Sonntagsschule bin ich nicht mehr gegangen, solche grausamen Geschichten wollte ich nicht hören.

Zu Ostern nähte die Schneidermarie für uns beide Sommerkleider. Wir freuten uns schon sehr auf's Eiersuchen. Mit dem Wetter hatten wir Glück, Ostersonntag war herrlicher Sonnenschein. Wir beide zogen die neuen Kleider an, und die ganze Familie machte einen schönen Osterspaziergang über die Wiese bis zum EIBIA-Zaun. O.W. sagte: "Ihr könnt schon mal die Eier suchen!" Ich fand zuerst ein rotes Ei, meine Schwester ein grünes. Opa hatte in seiner Jacke zwei Taschen, da steckten wir die Eier hinein, ich links, sie rechts. Fast hinter jedem Strauch fanden wir mal ein rotes, mal ein grünes Ei. Vor lauter Eifer waren unsere Wangen gerötet, wir konnten nicht genug kriegen. Hier noch suchen und dort noch. Dann sagte Mama: "Nun wollen wir zurückgehen!" Wir beide wollten das Ergebnis wissen und sagten: "Opa, dann zeig' doch mal, wie viel Eier wir haben!" In einer Tasche war ein rotes und in der anderen ein grünes Ei. "Die andern Eier auch, Opa, die

Taschen müssen doch voll sein!" zweifelte ich. Nein, es wurden nicht mehr, diese beiden Eier waren die einzigen, die wir hatten. Enttäuscht waren wir schon, aber es hat auch großen Spaß gemacht. Zu Hause hat jeder sein Ei aufgegessen, ich mein rotes, sie ihr grünes.

Nach den Osterferien wurde meine Schwester eingeschult. Kein großes Aufheben, sie ging mit mir zusammen dorthin. Nach 14 Tagen hat Mama sie von der Schule zurückstellen lassen. Sie war unterernährt, wie ich auch. Die "gute" Schulspeisung hat bei mir nichts geholfen.

Dornröschen und ihr Prinzgemahl

Im "Alten Kinosaal" wollten wir ein Theaterstück aufführen, es hieß: "Aufruhr im Märchenwald". Die Figuren aus allen bekannten Märchen spielten mit. Fräulein Loosch ging durch die Bankreihen und suchte die "Schauspieler" aus. Alle Rollen waren schon besetzt, bis auf Dornröschens Prinzgemahl. Die Jungen, die noch übrig waren, passten in der Größe nicht zu Letty, die Dornröschen spielen sollte. Mit dem Mädchen an der Hand blieb die Lehrerin vor meinem Platz stehen und schaute suchend in die Runde. Hinter ihrem Rücken stellte ich mich aus Spaß neben Letty. Alles lachte, in dem Moment drehte sich Fräulein Loosch um und sagte erfreut: "Ja, du bist die Richtige dafür!" Mein Text bestand nur aus einem Satz: "Da bin ich bei." Es kam auf das Stichwort an. Wir probten unsere Rollen jeden Tag. Bei den Kostümen gab es größere Schwierigkeiten, bis wir alles zusammen hatten. Meine Cousine Tauti, die gerade zu Besuch war, half mir dabei. In ihrer Schule hat sie auch gerne Theater gespielt und brachte ihre "Erfahrung" ein. Der Prinzgemahl brauchte eine Krone, die bastelten wir aus Pappe und umklebten sie mit Goldpapier. Die rote Plüschtischdecke aus der Diele von Bürgermeister Christoph wurde mein purpurroter Umhang. Eine weiße Doppelripp-Herrenunterhose mit Eingriff diente als Beinkleid. Aus blaubuntem Stoff nähten wir eine kurze Pumphose. Stiefel konnten wir nicht auftreiben, ich trug meine schwarzen Halbschuhe. Für die Halskrause nahmen wir einen Reststreifen von unseren Windelmullgardinen. Das Zepter war ein Stock, den wir erst mit Papierstreifen und dann mit Goldpapierstreifen umwickelten. Ach ja, die Frisur, meine schwarzen Haare waren schulterlang, gerade richtig für einen Prinzen. Ich war so schön ausgestattet, ein echter Prinz wäre sicher vor Neid erblasst. Mein Dornröschen trug ein langes, gelbgrünes Nachthemd, über und über mit roten Papierröschen benäht, und ein Krönchen. An die anderen Kostüme der Mitspieler kann ich mich nicht mehr erinnern. Die Aufführung fand im "Alten Kinosaal" statt, sie war ein voller Erfolg. Unser Publikum klatschte begeistert und unsere Lehrerin war voll des Lobes. Wir mussten die Vorstellung noch ein paarmal wiederholen.

Zur EIBIA-Zeit vergnügten sich damals die Menschen im alten Kinosaal bei Tanz und Kinofilmen. Natürlich wurden nur solche Filme gezeigt, die dem Nazi-Regime genehm waren. Später, als schon wieder geordnete Verhältnisse waren, fanden hier Schützenfeste und Frühjahrs- und Herbstmärkte statt. Der Vorplatz war dann mit Schießbuden und Karussells bestellt. Auf dem schönen Parkettfußboden im Saal konnte man sein Tanzbein schwingen. Es spielte die Kapelle vom Nonnenwaldsaal. Für Getränke sorgte der Wirt. Filme wurden auch wieder gezeigt.

Ich erinnere mich, dass Fräulein Loosch mit unserer ganzen Klasse dorthin ging. Der Schwarzweißfilm hieß: "Krach im Hinterhaus", eine richtige Klamotte. Auf dieser Bühne spielten wir unser Stück. Dann pachtete eine Druckerei den Saal und bot mehreren Arbeitern für viele Jahre einen Arbeitsplatz. Als das Unternehmen Schluss machte, dämmerte das Gebäude so vor sich hin.

In Benefelds Mitte baute man das neue Kino. Wenn ein Farbfilm gezeigt wurde, war die Schlange beim Kartenverkauf besonders lang. Die Zeit dieses Kinos fand auch sein Ende. Heute ist nach mehreren Umbauten eine Filiale der Kreissparkasse Bomlitz dort untergebracht. Der "Alte

Kinosaal" wurde 1995 abgerissen! Wir brauchten unbedingt noch einen Supermarkt.

Die Abrissbirne musste schon einige Tricks anwenden, um die "gute deutsche Wertarbeit" kaputt zu kriegen.

Die Onkel Ehe

Aus den Beständen der EIBIA kauften wir einige Schränke zum günstigen Preis. Onkel Lang holte sie uns mit seinem Dreirad-Auto nach Hause. In vielen Arbeitsstunden baute O.W. auf dem Speicher daraus einen Kleiderschrank und einen Küchenschrank mit zwei Scheibentürchen. Aus dem wunderbaren Windelmull nähte Mama Scheibengardinchen mit rosa Schleifchen. Auch ein Lotterbett bastelte O.W. aus den alten Brettern. Alle Möbel bekamen einen hellbraunen Anstrich, so sahen sie nicht mehr aus "wie aus jedem Dorf ein Hund". Da O.W. sowieso meistens bei uns schlief, zog er denn auch ganz zu uns.

Er hatte mit seinem Bruder und Familie zusammen zwei Zimmer in der "Feuerwehrbaracke". Die Männer der BereitschaftsFeuerwehr der EIBIA haben dort während der Pulverproduktion übernachtet. Sie stand auf dem Hof des TA Gebäudes, das ehemals die Technische Abteilung der EIBIA war.

Alles war mit Flüchtlingen vollgestopft. Nachdem die Gemeinde das TA Gebäude erworben hatte, mussten die Flüchtlinge in das freigewordene Lager Lohheide-Nord umziehen. Aus dem TA Gebäude wurde unsere neue Schule. Die Feuerwehrbaracke wurde abgerissen, der nun freie Platz wurde der Schulhof. Aber zurück zu unseren Schränken. Ich machte die Schranktür zu meinem Fach auf, in dem ich meine Sachen aufbewahrte. Da sah ich so platte "Würmer" in den Ritzen verschwinden. Ich rief: "Kommt schnell, in meinem Fach sind Würmer!" Mama hob die Einlegeböden hoch, da kamen noch mehr zum Vorschein. Wanzen! Auch im anderen

Schrank waren welche, da ging uns eine Beleuchtung auf. Die Schränke stammten aus der EIBIA, das hatten wir doch mit den Betten schon erlebt. Weil wir nicht alleine betroffen waren, wurde das Gesundheitsamt informiert. Eine Firma rückte an, um die befallenen Räume mit Gas zu entwanzen. In jedem Raum wurden alle Ritzen mit Papierstreifen zugeklebt. Die Lebensmittel mussten raus. Der Kammerjäger mit Schutzanzug und Gasmaske stellte zwei Gasflaschen auf und öffnete die Ventile. Von draußen schloss er die Tür zu, verklebte noch die Ritzen im Türrahmen und das Schüsselloch. Drei Tage musste das Gas einwirken, danach machte er die Tür und die Fenster wieder auf. Wir durften alles abwaschen. Die Papierstreifen gingen sehr schlecht ab.

Der Hühnerstall

Wie alle, hatten auch wir wenig zu essen. Da sich schon einige Bewohner Ställe für Hühner und Kaninchen gebaut hatten, machten wir es nach. Im Park neben den drei Linden, die heute noch stehen, stellten wir unsern Hühnerstall hin. Von Tante und Onkel Lang kauften wir zwei junge Italiener-Legehennen. Das Hühnerfutter holten meine Schwester und ich aus der Mühle, bei der Gelegenheit ließen wir uns immer auf der großen Sackwaage wiegen.

Wir freuten uns auf die Eier, aber nach einer Woche war immer noch keins im Nest. Omchen ging der Sache, beziehungsweise den Hühnern, nach und stellte fest: gefressen und geschlafen haben sie bei uns, zum Legen gingen sie in ihren alten Stall. Wir haben sie dann tagsüber im Gehege eingesperrt. Von Langs wollten wir die Eier wiederhaben, das gab erst einmal Krach und Streit. Opa kam um halb fünf von der Arbeit und wollte gerade sein Mittag essen. Es klopfte, und Ehepaar Lang versuchte sich mit lauten Worten zu rechtfertigen, dass die Eier in ihren Nestern ihnen gehörten, auch wenn sie von fremden Hühnern dort hinein gelegt wurden.

Das war Opa nun doch zu viel. Er machte die Tür auf und sagte: "Ich möchte in Ruhe essen. Raus jetzt!" Verdutzt haben sich die beiden empfohlen und dann eine ganze Weile nicht mit uns gesprochen. Nur ihr Sohn Herbert kam zu uns und hat mich jedes Mal auf den Schrank gesetzt, obwohl er wusste, dass ich Höhenangst hatte.

Etwa zwei Wochen, nachdem der Stall fertig war, kam ein neuer Verwalter für den Mühlenhof. Bei der ersten Besichtigung hat er gleich gesagt, dass alle Ställe und Gärten weg müssen und der Park wieder so hergerichtet werden muss, wie er vorher war.

Vier Wochen nach diesem Beschluss ist der Herr gestorben, und keiner war darüber traurig. Es konnte alles bleiben, der nächste Verwalter hatte nichts dagegen.

Opa schnarchte immer noch so laut, das störte meine Schwester gewaltig. Wenn wir vor Opa einschliefen, war es gut, aber dieses Mal ging er früher zu Bett. Er lag auf dem Rücken und schnarchte, als wir ins Bett wollten. "Opa schnorrke nich!" ermahnte sie ihn. Wir weckten ihn noch ein paarmal. "Lasst mich in Ruhe, oder ihr kriegt 'ne Wucht", drohte er. Wir nahmen ihn sowieso nicht ernst, er hat uns nie geschlagen, und sagten: "Da lachen ja die Hühner und du am meisten." Da stand er auf, erwischte mich noch am Bein und zog mir mit seinem Latschen, der mit Fahrradmantel benagelt war, eins über den Hintern, dass ich laut schrie. Omchen kam und schimpfte mit ihm. Das Muster vom Fahrradmantel war noch ein paar Tage zu sehen. Seitdem hat kein einziges Huhn mehr gelacht.

Opa war deshalb wohl so ungnädig, weil er Zahnschmerzen hatte. In der Siedlungsstraße hatte eine Zahnärztin ihre Praxis. Als er sich entschloss, dorthin zu gehen, begleitete ich ihn, denn ich hatte ihm längst verziehen. Das Wartezimmer war proppenvoll. Weil er große Schmerzen hatte, nahm die Zahnärztin ihn gleich dran. Er setzte sich auf den Behandlungsstuhl und ich mich auf einen Hocker in der Ecke. Opa hatte gute Zähne, ihm fehlten nur unten die vier

Schneidezähne. "Ein Pferd hatte mir damals in Pommern, als ich noch jung war, mit dem Kopf unters Kinn geschlagen und die Zähne waren raus", erzählte er ihr. Mit drei Spritzen wurde der Backenzahn betäubt. Dann setzte sie die Zange an, Opa stöhnte. Dann bekam er noch eine Spritze, und mit einem Ruck war der Zahn draußen. "In meiner ganzen Praxis habe ich noch nie so einen großen Zahn gesehen", staunte sie und ging damit ins Wartezimmer, um ihn allen zu zeigen. Nach zwei Tagen sollte Opa zum Nachsehen kommen. Auf der Straße schob ich meine Hand in seine, er schaute mich an und nickte nur.

Vehlows Kuh kalbt

Ganz aufgeregt fragte Frau Vehlow, ob Opa ihrem Mann beim Ziehen helfen möchte, ihre Kuh kalbe. Sofort ging Opa mit, das hatte er doch in Pommern mehr als hundert Mal gemacht. Uns Kinder machte dieses Ereignis sehr neugierig, weil die Erwachsenen so geheimnisvoll taten. Opa bestand darauf, dass wir ja nicht zum Stall kommen sollten. "Warum ziehen, wollen die das Kälbchen aufhängen?" rätselten wir. Als Opa wieder zurück kam, sagte er: "Nun könnt Ihr das Kälbchen ansehen." Das ließen wir uns nicht zweimal sagen, alle stürmten auf einmal in den Stall. Das Kälbchen lag im Stroh, die Kuh stand davor. Ich konnte es nicht richtig sehen und ging etwas seitlich in die Reichweite des Schwanzes. Ein Wisch, ich war voller Schleim. Heulend lief ich nach Hause und schluchzte: "Die Kuh hat mich geleckt." "Was musst du auch so dicht ran gehen!" sagte Mama. Omchen hat mich abgewaschen und mir saubere Sachen gegeben.

Griebenschmalz

Am Samstag war auf dem Niedersachsenplatz in Benefeld immer Markt. Wir kauften Fleisch und Wurst von der Freibank, dort war es nicht so teuer. Die Freibank verarbeitete Tiere, die notgeschlachtet wurden. Man konnte das Fleisch gekocht oder gebraten und die Wurst aber ohne Bedenken essen.

Sonst kauften wir in der Uferstraße in der Schlachterfiliale. Die hatten preiswertes Griebenschmalz, es schmeckte uns so gut, dass es immer schnell aufgegessen war. Mama schickte mich, um neues Schmalz zu holen. Meine Schwester und ich hatten Hunger. Mama schmierte das Griebenschmalz auf's Brot, und wir bissen herzhaft hinein.

Ich traute meinen Augen nicht, die Grieben lebten noch und krabbelten auf meiner Schnitte. "Mama, die Grieben sind lebendig", schrie ich. "Meine können auch laufen", rief meine Schwester. "Erzählt nichts", sagte Mama, schaute aber doch nach. "Spuckt sofort alles aus, was ihr im Mund habt, das sind Maden!" Sie wickelte das Schmalz mit dem angebissenen Brot ins Papier, und ich brachte es zurück zum Schlachter. "Nein, kein neues Schmalz, das Geld zurück", antwortete ich auf sein Angebot. Griebenschmalz wurde vom Speisezettel gestrichen. Noch heute schaue ich bei Griebenschmalz genau, ob die Grieben auch wirklich tot sind.

Sommerferien

Das Rote Kreuz hatte für bedürftige, schulpflichtige Kinder Care-Pakete verteilt. Unsere Lehrerin gab die Namen an, ich bekam auch eins. Als Dank sollten wir einen kleinen Brief schreiben, ihn aber noch vor den Sommerferien abgeben. Ich kann mich nur noch an Milchpulver und Kakao aus dem Inhalt erinnern. Meinen Brief habe ich am letzten Schultag abgegeben, und dann hatten wir sechs Wochen Ferien. Es war gerade die Blaubeerzeit, viele Kinder gingen mit Milchkannen in den drei Kilometer entfernten Wald bei Hünzingen. Einige Kinder vom Mühlenhof, meine Schwester und ich zogen auch los. Wir beide sammelten unsere Drei-Liter-Milchkanne voll, dann hatten wir blaue Hände und vom Naschen blaue Münder.

Da fällt mir ein Kinderreim ein:

Wo bin ich gewesen, nun rat' einmal schön?
Im Wald bist gewesen, das kann man doch sehen,
hast Spinnweben am Kleidchen und Tannennadeln im Haar.
Das bekommt man ja nur, wenn man im Tannenwald war.
Was tat ich im Walde, sprich, weißt du das auch?
Hast Beerlein gepflückt vom Heidelbeerstrauch.
Oh, sieh nur wie blau um das Mündchen du bist,
das bekommt man ja nur, wenn man Heidelbeeren isst.

Mit Milch und Zucker schmeckten sie zu Hause am besten, vom Rest wurde Marmelade gekocht. Wir gingen die ganzen Ferien Blaubeeren pflücken. Im Wald hatten wir keine Angst, verlaufen haben wir uns auch nie, nur einmal hat uns ein schweres Gewitter überrascht. Vor lauter Eifer bemerkten wir nicht, dass es dunkler wurde. Als es plötzlich zu regnen begann, heftig blitzte und donnerte, sind wir sehr erschrocken. Wir beide waren allein, die anderen sind ohne uns abgehauen, bis nach Hause schafften wir es nicht mehr. Wir gingen aus dem Wald heraus, in der einen Hand hielt ich die Kanne und mit der anderen die Hand meiner Schwester. Unter einem großen Baum blieben wir stehen, da sahen wir einen Radfahrer. Es war Opa, der uns zwei nasse Katzen aufsammelte. Bis zu Hause war kein trockener Faden mehr an uns, es hatte auch in die Kanne geregnet.

Wir waren auf dem Mühlenhof 13 Kinder, bis auf die drei großen spielten wir immer zusammen: Hinkekasten, Kreisspiele, Murmeln, Seilspringen, Blindekuh, Fangen, Verstecken, Ballproben und noch einige mehr. Es hat uns auch Spaß gemacht, Leute zu necken. Herr Felsch war Epileptiker und hatte eine Glatze. Er konnte sich immer so schön aufregen. Wir hatten schnell einen Spottreim für ihn:

Ernstchens Glatze leuchtet von Ferne,
wie 'ne Omnibuslaterne.

Wir liefen weg, und er schimpfte hinter uns her. Seine Mutter holte ihn dann ins Haus. Herr Wahl hatte im Krieg beide Beine verloren, trotzdem fuhr er mit einem alten Mercedes Taxi.

Wenn es warm war, saß er draußen vor der Tür im Korbstuhl, ein Tischchen vor sich, und las Zeitung oder löste Kreuzworträtsel. Er mochte nicht, wenn wir 'rumschrien, dann drohte er mit einem seiner Krückstöcke. Das hielt uns aber nicht davon ab, es auf die Spitze zu treiben. Wir riefen nur "Ahu", einmal von der einen Hausecke, einmal von der anderen, dann liefen wir weg. Wenn es ihm zu bunt wurde, ging er an seinen Krücken ins Haus.

Er beschwerte sich bei Mama, weil meine Schwester die schlimmste war, nach seiner Meinung. Schläge hat sie nicht bekommen, sie musste sich bei ihm entschuldigen. Als Herr Wahl wieder draußen saß, sagte meine Schwester von weitem: "Ich entschuldige mich." Er schaute auf und sagte: "Komm näher!" Noch ein paarmal, bis sie an seinem Tisch stand. Er fasste ihre Hand: "So, jetzt hab' ich dich! Machst du das noch einmal?" "Nein, nein", sagte sie weinerlich. In diesem Moment hätte sie wohl alles versprochen, nur um wegzukommen. Er gab ihr einen Bonbon, damit waren wir alle wieder Freunde.

Von einer Schönheitskönigin hatte jeder schon etwas gehört. Wir machten ganz für uns einen Schönheitswettbewerb: Wer ist die schönste Frau vom Mühlenhof? Einstimmig wurde Frau Westermann gewählt, sie war die schönste. Als zweite kam Frau Succo, wir mochten sie alle gern. Die dritte wurde Frau Wessely.

Nach einiger Zeit stellten wir mit Entsetzen fest, dass unsere Schönste einen dicken Bauch hatte. "Wie kann sie nur so viel essen?" fragten wir uns. "Naja, schön ist sie ja noch, aber sie müsste unbedingt wieder dünner werden", waren wir uns einig.

O.W. kauft ein Radio

In der Rainstraße war damals ein Elektrogeschäft, dort kaufte O.W. unser erstes Radio. Zuerst mussten die Antenne und die Erdungsleitung installiert werden. Die Antenne machte er an der Rotbuche fest, die Erdungsleitung kam in die Erde. Die beiden anderen Leitungsenden wurden in die Buchsen des Radios gesteckt. Wir wollten gern wissen, warum ein Radio eine Antenne braucht. O.W. hatte eine tolle Erklärung: "Die Musiker spielen auf der Antenne. Deshalb kann man es im Radio hören. Wenn es dunkel ist und ihr vorsichtig nachseht, könnt ihr sie auch auf dem Draht tanzen sehen." Sehr gespannt starrten wir ins Dunkle und sahen natürlich nichts. Omchen erlöste uns: "Glaubt ihm nicht, der hat Euch veräppelt", sagte sie.

Man konnte damals mehrere Apparate testen, ehe man sich entschied. Nach einer Woche bekamen wir ein Gerät mit eingebautem Plattenspieler. Das hätten wir beide gerne behalten, aber, wie immer, Kinderwünsche gelten nicht. Wir behielten ein Radio mit Namen "Nora". Mama drohte: "Wenn ihr an den Knöpfen dreht, schlage ich euch die Finger breit!"

Die neue Schule

Das TA Gebäude war nach den Sommerferien unsere neue Schule. In den Klassenräumen standen grün angestrichene Zweierbänke. Die Räume und die Fenster waren viel größer als in der alten Schule. Wir waren 63 Schüler, und unsere Lehrerin war immer noch Fräulein Loosch. "Ihr müsst doch dankbar sein!" begrüßte sie uns. Links neben dem Eingang prangte in schwarzen Zierbuchstaben auf einem zugemauerten Fenster der Spruch: "Nicht für die Schule, sondern für das Leben lernen wir."

Mit mir hatte sie gleich ein Hühnchen zu rupfen. "Sag mal, wie schreibst du denn Kakao? Komm an die Tafel!" Ja, und ich schrieb wie in meinem Brief "Kaukau". Als Strafarbeit durfte ich in Schönschrift hundertmal Kakao richtig schreiben.

Opa interessierte sich nicht sonderlich für Sport, nur Boxen mochte er. Am Radio konnte er einen Boxkampf verfolgen, und für ihn hat auch der Richtige gewonnen. Seine Begeisterung brachte mich auf eine gute Idee. Im Deutsch-

Unterricht behandelten wir Redensarten und ihre Bedeutung. Jeder sollte sich aus fünf Vorschlägen einen aussuchen und darüber einen Aufsatz schreiben. Mein Thema: "Er hat seine Schäbchen im Trocknen."

Ich schrieb: „Der Boxkampf Max Schmeling gegen Hein ten Hoff wurde im Radio übertragen. Nach 15 Runden hatte Max Schmeling gewonnen." Mein Opa sagte: "Der hat sein Schäfchen im Trocknen." Ich verbesserte ihn: "Nein, Opa, das heißt nicht so. Sondern sein Schäbchen, ein Boot ist damit gemeint. Die Fischer holten ihre Schäbchen an Land, wenn eine Sturmflut oder auch nur Sturm drohte. Im Laufe der Zeit hat sich im Sprachgebrauch daraus Schäfchen entwickelt." "So", sagte Opa, "da ist man schon so alt geworden und du kleines Küken bringst einem noch etwas bei." Damit der Aufsatz etwas länger ist, habe ich Einzelheiten vom Kampf beschrieben. Übrigens, Max Schmeling hat nie gegen Hein ten Hoff geboxt. Mein Aufsatz war der beste aus der Klasse, ich durfte ihn an der Tafel vorlesen und bekam eine Eins dafür.

Die Schulspeisung gab es in neuer Form. In der alten Schule kam in der großen Pause immer ein Kübelwagen. Jeder, der ein Gefäß hatte, bekam einen Schöpflöffel voll Suppe.

Hier kam der Milchwagen vorbei und brachte Viertelliter-Flaschen mit Milch oder Kakao und Rosinenbrötchen. Man musste immer am Samstag für die folgende Woche bezahlen. Wenn man ein Brötchen haben wollte, musste man sich möglichst vorn anstellen, denn die letzten gingen meistens leer aus. Im Winter war der Flascheninhalt gefroren und taute auch in zwei Stunden nicht auf. Dann war der Unterricht zu Ende, wir durften die Flaschen nicht mit nach Hause nehmen. Am nächsten Tag holte der Wagen die vollen Flaschen wieder ab. Wenn im Sommer die Flaschen in der Wärme standen, wurde der Inhalt sauer, so stellte man die Schulspeisung ein. Zu Hause meckerten Mama und O.W. sowieso über das teure Milchgeld.

Püppi ist geboren

Wie ein Lauffeuer sprach es sich herum, bei Westermanns ist ein kleines Mädchen angekommen. Alle Kinder, zumindest wir Mädchen rannten hin, um das Baby zu sehen. "Nein, das geht nicht, kommt wieder, wenn das Baby größer ist!" wies uns die alte Frau Westermann zurück. Ein paar Tage später gingen meine Schwester und ich alleine zu Westermanns und fragten, ob wir das Baby sehen dürften. Es war ein herrlicher Junitag, wir hatten Glück, der Kinderwagen stand im Garten. Ach, was war das für eine süße, kleine Puppe, damit hatte sie denn auch gleich ihren Namen weg, bis heute heißt sie "Püppi". Ich meldete mich gleich zum Kind Ausfahren an. Bei schönem Wetter erlaubte Frau Westermann es mir, was wiederum meiner Mama sehr missfiel. Wenn ich Püppi nach der Spazierfahrt wieder zurückbrachte, habe ich immer ein Butterbrot mit Wurst oder Schinken bekommen. Wenn ich es mit nach Hause nahm, sollte es immer zum Abendbrot bleiben, aber dann war es nicht mehr da. Frau Westermann sagte: "Dann iss es man gleich hier auf, hier nimmt es dir keiner weg." Nach einiger Zeit fiel uns auf, dass unsere Schönheitskönigin keinen dicken Bauch mehr hatte. Sie war wieder schön und unsere Welt in Ordnung.

Sirup kochen

Bei unserm Bauern verdienten wir uns wieder die Einkellerungskartoffeln, dieses Mal nahmen wir auch Zuckerrüben. Wir wollten Sirup kochen, als Brotaufstrich. Mehrere Familien aus dem Haus hatten den Sirup schon fertig, wir schlossen uns an. Wenn erst wieder Wäsche im Kessel gekocht wurde, schmeckte er nach Seife. Jede Partei durfte die Waschküche zwei Tage benutzen, dann musste alles wieder sauber verlassen werden. Eine Glühbirne hat jeder selbst mitgebracht. Sirup hört sich süß an und schmeckt auch süß, aber die Arbeit ist eine elende Wasserpatscherei. Die Rüben müssen gewaschen, geputzt, gewaschen und in kleine

Stückchen geschnitten werden. Omchen, Mama und O.W. teilten sich diese Arbeit. Opa heizte den Kessel an. Die Schnitzel wurden unter Rühren zum Kochen gebracht, dann in einem Leinentuch ausgepresst. Die vier Enden wurden zusammengebunden, der Wäschestock halb durchgesteckt und gedreht. Das erforderte viel Kraft, einer hielt fest, der andere musste drehen. Opa und O.W. haben dabei schön geschwitzt. Der Rübensaft musste unter ständigem Rühren gekocht werden, bis es endlich Sirup war. Zuerst ging das Rühren leicht, wenn der Saft schon eingedickt war, war es eine richtige Knochenarbeit. Man musste aufpassen, dass der Sirup nicht anbrannte. Bei dem hohen Zuckergehalt passierte das sehr schnell.

Omchen und Opa sind mit uns nach oben gegangen, es wäre zu spät geworden. Mama und O.W. machten das Fenster auf, als es ihnen zu warm wurde. Während sie über den Kessel gebeugt rührten, flog ein alter Schuh durch das Fenster mitten in den Sirup. Es blieb ihnen nichts anderes übrig, als den Schuh wieder 'rauszufischen, erzählten sie am nächsten Morgen. Der Sirup hat vielleicht deshalb so gut geschmeckt. Wir hatten zwar einen Verdacht, wer es getan haben könnte, aber rausgekriegt haben wir es nicht. Alle, denen wir es erzählten, haben nur schadenfroh gelacht.

Das Weihnachtsfest

Meine Schwester und ich wünschten uns zu Weihnachten wieder Puppen. Sie sollten Schlafaugen und Zöpfe haben. Omchen fuhr mit mir zu Korbmüller nach Walsrode, den Laden gibt es noch. Dort durfte ich mir eine wunderschöne große Puppe aussuchen. Ich glaubte zu träumen, denn Omchen kaufte sie tatsächlich. Die Verkäuferin drückte mir den Karton in den Arm, den ich vorsichtig und stolz nach Hause trug. Der Karton wurde versteckt, natürlich konnte ich meinen Mund nicht halten und erzählte meiner Schwester davon. Die fing gleich an zu weinen: "Ich will auch eine Puppe haben." "Du bekommst bestimmt auch eine", versuchte ich sie zu trösten. "Wir werden ja sehen", schluchzte sie. Heiligabend hatten wir wieder einen schönen Baum mit bunten Lichtern und funkelnden Wunderkerzen. Ich weiß nicht mehr, was wir bekommen haben, jedenfalls hielt meine Schwester eine große Puppe im Arm und sagte "siehste" zu mir. Sie war selig vor Glück, ich schaute etwas verständnislos drein. Omchen holte einen Karton unter dem Tischchen hervor, auf dem der Baum stand. Ich machte ihn auf, es war meine Puppe, aber so richtig freute ich mich nicht mehr. Die Angst mischte sich ein, dass ich sie doch wieder abgeben müsste.

Ein paar Monate später ist meine Schwester mit ihrer Puppe hingefallen, und der Kopf zerbrach. Mama durfte es nicht erfahren. Wie immer wusste Omchen Rat. Sie erzählte, ihr wäre ein ganzes Brot, das sie aus dem Schrank nehmen wollte, aus der Hand gefallen, genau auf den Puppenkopf, weil die Puppenkarre im Wege stand. Mama hat nur ein bisschen die Augen verdreht, aber nicht gemeckert. Irgendwann ist der Kopf repariert worden.

Meine Puppe hauchte ihr Leben aus, als mein ältester Sohn etwa zwei Jahre alt war. Mit ihr im Arm fiel er auf die Kante der Türschwelle. Mit Tränen in den Augen sammelte ich die Scherben auf und verbrannte ein Stück Kindheit im Ofen. Meinen Sohn habe ich dafür nicht verhauen, ich nahm ihn auf den Arm, weil er ganz erschrocken war.

Silvester 1949

Unsere Leute wollten mit Langs ein bisschen feiern und zusammen ins neue Jahr "rutschen". Omchen und Mama bereiteten Kartoffelsalat und saure Heringe vor. Sicherlich gab es etwas Alkoholisches zu trinken. Einen guten Rutsch ins neue Jahr, sagte man sich überall. Ich konnte mir nichts darunter vorstellen und fragte, ob ich auch aufbleiben dürfe. Wenn meine Schwester eingeschlafen ist, sollte ich mich anziehen und kommen. Ha, sie hatten wohl gedacht, ich würde auch einschlafen. Eine halbe Stunde vor Mitternacht stand ich auf und ging herüber. Sie waren schon alle angeheitert und staunten: "Was willst du denn?" "Du hast es doch erlaubt", erinnerte ich Mama. Ich durfte bleiben. Ja, und dann war es soweit. Der große Zeiger der Uhr "rutschte" über die Zwölf, das war's. Davon machen die so ein Geschiss, wunderte ich mich. O.W. sagte: "Willkommen 1950, mal sehen, was du uns bringst?" Dabei wusste er genau, dass Mama schwanger war. Ob Junge oder Mädchen, blieb die Überraschung.

Damals kursierte der Spruch:

Wer 48 übrig bleibt,
wer 49 nicht verreckt,
kann 50 essen, was ihm schmeckt.

Radfahren lernen

Aus mehreren alten Schrottfahrrädern baute Opa ein brauchbares Damenfahrrad zusammen, mit dem er zur Arbeit fuhr. Leider hatte es keinen Freilauf, wenn man schieben musste, schlugen die Pedalen manchmal in die Kniekehlen. Auf diesem Drahtesel lernte ich Radfahren, genauer gesagt, Opa versuchte es mir beizubringen. Meine Schwester konnte schon auf einem Herrenrad fahren, so mit einem Bein unter der Querstange durch. Ich war damit sehr ungeschickt. Opa ging mit mir auf einen etwas abschüssigen Waldweg, hier sollte meine erste Fahrt beginnen. Opa hielt das Fahrrad fest und sagte: "Steig auf, ich halte dich, du musst keine Angst haben." Ja, und dann gab er mir einen Schubs. Ich fuhr in der Gewissheit, dass er mitläuft und mich hält. Das Tempo wurde immer schneller. Ich fragte: "Opa, wie bremse ich denn?" Keine Antwort. "Opa, ich will anhalten", sagte ich schon ängstlicher. Wieder keine Antwort. Da schaute ich über die Schulter. Opa war stehengeblieben und ich meinem Schicksal ausgeliefert. In meiner Not stellte ich mich auf die Pedalen und sprang ab. Außer einer unsanften Landung ist nichts passiert. Irgendwie habe ich es doch noch gelernt.

Milchzähne

So langsam kamen wir Kinder in das Alter, in dem die Milchzähne ausfielen. Man erzählte uns, wenn wir jeden Zahn rückwärts über den Kopf warfen, dann würde ein neuer wachsen. Das haben wir auch gemacht. Damit der Zauber wirklich hilft, suchten wir ihn immer wieder, bis wir ihn nicht mehr finden konnten. Wir glaubten fest daran und Spaß hat es auch gemacht. Tapfer haben wir uns die wackeligen rausgemacht. Der Zauber wirkte, tatsächlich sind jedem von uns wieder neue Zähne gewachsen.

Der Starenkasten

In der Schule lernten wir ein niedliches Gedicht vom Starmatz. Opa hat es sehr gerne gehört, ich musste es ihm immer wieder aufsagen. Leider kann ich heute nur noch ein paar Fetzen davon. Es geht darum, dass der Star als Zugvogel aus seinem Winterquartier zurückkommt und hier als Frühlingsbote begrüßt wird. Von einer Lehrerin habe ich den ganzen Text bekommen und drucke ihn ab:

Vetter Starmatz

*Wenn der Starmatz wieder heimkommt und der Frost
 nicht mehr dräut,*
Ach, was sind da die Kinder für glückliche Leut!
*Denn da schwirrt's bald, und da schwebt's bald in den
 Lüften zuhauf.*
Und da tun bald alle Blümlein ihre Äugelchen auf.

Vetter Starmatz, Vetter Jacob was bringst du uns mit?
*Ein bissel Knarren, ein bissel Flöten, ein bissel
 Zwitschern, ich bitt.*
Keine Taschen im Rocke, kein Ränzchen ist mein.
Wo tät ich in der Fremde für Euch was hinein?

"Vetter Starmatz, Vetter Jakob, dein Häuschen steht leer.
Unser Sperling wollt mieten, es gefiel ihm so sehr.
Was willst du uns zahlen, vermiet' ich dir das?"
"Ei, da sing ich, ei, da spring ich, ei, da Spaß ich euch was."

"Vetter Starmatz, Vetter Jacob, wo hast du deine Frau?"
"Wenn die Stube wird blank sein, dann kommt sie zum Bau.
Und da gibt's artige Kinder, nicht eins wird gewiegt.
Denn ein richtiger Starmatz ist allzeit vergnügt.

Victor Blüthgen

Opa baute einen Starenkasten. Zusammen mit O.W. hängten sie ihn gegenüber unserem Fenster an die dicke Eiche. Gespannt warteten meine Schwester und ich. Es dauerte nicht lange, da zogen Herr und Frau Starmatz nach einer ausgiebigen Besichtigung ein. Jeden Tag schauten wir hinter der Gardine zum Starenkasten. Die Stare schafften Nistmaterial heran, später Futter für die Kleinen. Ein kleiner wartete im Flugloch und bettelte mit aufgesperrtem Schnabel nach Futter. Gleich danach fetschte die andere Seite den Kot aus dem Loch. Kein Problem, wenn man nicht gerade darunter stand. Schließlich sind sie ausgeflogen. Wir hofften, dass sie im nächsten Jahr wiederkommen würden.

Opa war schon lange tot, der Starenkasten hing immer noch da. Fast 25 Jahre später wurden die Reste entfernt, als der Mühlenhof 1974 abgerissen wurde.

Ein paar Wochen vor Ostern hatten wir eine Glucke, eins von unseren beiden Hühnern wollte brüten. Von Westermanns kauften wir Bruteier. Omchen machte ein Nest fertig und legte ihr die Eier unter. Zu meiner Freude sind alle Küken ausgeschlüpft, gerade richtig als Osterküken. Es war eine bunte Mischung. Von der Farbe her, eins hübscher als das andere. Nach so vielen Jahren hatten wir endlich wieder eigene Küken, ich war begeistert. Die Glucke nutzte die ganze Wiese als

Auslauf. Das war das Revier des Habichts, wenn sie ihn am Himmel kreisen sah, kam sie sofort zurück in den Stall.

Besuch aus Liensfeld

Opa war gerade von der Arbeit nach Hause gekommen, als es an unserer Zimmertür klopfte. Nach dem "Herein" trat im ersten Moment ein fremder Mann ein. Opa sprang von seinem Stuhl auf, die beiden Männer lagen sich in den Armen und lachten und weinten vor Freude. Es war Herr Tech, der Verwalter von Bauer Siewert aus Liensfeld, bei dem wir gewohnt haben.

Nachdem wir uns alle begrüßt hatten, sagte er: "Ich wollte doch einmal sehen, wie Sie so untergekommen sind." In Wirklichkeit hatte er damals ein Auge auf Mama geworfen und war nun sichtlich enttäuscht, dass sie ein Kind erwartete. Omchen bot ihm etwas zu essen an. Er verabschiedete sich auch bald wieder. Als er gerade die Treppe herunterging, kam O.W. herauf. Sie begegneten sich in der Mitte der Treppe wie Rivalen. Gesagt hat aber keiner etwas, weil keiner von dem anderen wusste. Wir haben O.W. auch nicht aufgeklärt. Herr Tech hat sich nicht wieder bei uns gemeldet.

Meine Schwester und ich erfuhren beiläufig von dem neuen Geschwisterchen. Die Babysachen mussten hergerichtet werden, weil der Geburtstermin näher rückte. Von irgendwoher bekam O.W. einen alten, abgeschrabten Kinderwagen, den er dunkelblau anstrich. Dann trat Mama den Gang nach Canossa an. Mich nahm sie mit zum Roten Kreuz, dort wollte sie eine Sachspende für das neue Kind haben. Sie musste um etwas bitten, eine große Demütigung. Mama trug Frau Kaiser ihre Bitte vor. Frau Kaiser, eine ältere Dame, schaute über ihren Brillenrand und sagte: "Das verstehe ich nicht, Sie sind doch Witwe." Dann rückte sie doch ein paar Babysachen heraus. Den ganzen Weg hat Mama geheult. Ich musste die Sachen tragen, und sie ließ über diese Schmach Schimpftiraden los.

Ostern 1950

Wir beide bekamen in diesem Jahr ein ganz besonderes Geschenk. Am Ostersonntag wurde unser Brüderchen geboren. O.W. war drei Tage betrunken. Opa war überglücklich, denn es war auch sein Geburtstag. Wenn ich nicht mehr lebe, wird er feiern und an mich denken. Um unser Brüderchen zu sehen, wären wir beide am liebsten sofort mit ins Krankenhaus gefahren. Aber Kinder unter 14 Jahren durften nicht hinein. O.W. hätte uns beide auch nicht auf dem Gepäckträger vom Fahrrad mit nehmen können.

Wir hatten uns sehnlichst Bälle gewünscht, im Angesicht dieses großen Glückes haben wir jeder einen bekommen. Jede freie Minute spielten wir mit allen Kindern Ballproben an der Wand, auch wenn diese noch so schmal war.

Meine Schwester kam nach den Osterferien, an ihrem 7. Geburtstag, in die Schule. Der Tag wurde etwas besser gewürdigt. Ihre Zöpfchen wurden mit weißen Schleifchen geschmückt. Sie zog ihr Sonntagskleid an und bekam eine Schultasche, sogar eine Schultüte. Auch ein Foto wurde von ihr und den anderen "ABC Schützen vom Mühlenhof" gemacht. Ich kann mich noch genau erinnern. Ich kam von der Schule, sie hatte schon auf mich gewartet und erzählte mir: "Weil ich an meinem Geburtstag in die Schule gekommen bin, hat Frau Müller mir 100 Mark geschenkt." "Du meinst wohl 100 Pfennig", zweifelte ich den unverhofften Reichtum an. 100 Mark und 100 Pfennig war ein himmelweiter Unterschied, das wusste ich schon. "100 Mark, du wirst ja gleich sehen", wurde sie doch ein wenig unsicher. Dann waren es doch "nur" 100 Pfennig. Trotzdem ein riesiges Geschenk von Frau Müller. Jeden Tag pflückte meine Schwester für alle Blumen auf der Wiese, dass ihre kleine Hand die Sträußchen kaum halten konnte, und Frau Müller dankte ihr dafür mit 100 Pfennig.

Mama kam an dem Tag mit dem Brüderchen nach Hause. Wir konnten es kaum erwarten. Er war so winzig klein wie Püppi. "Nein", sagte Mama, "dann lieber Bubi, es ist doch ein Junge."

Omchen hatte wie immer den Durchblick. "Freut euch nur nicht zu sehr, bald wird das anders", warnte sie. Sie hatte recht. Wir mussten auf Bubi aufpassen und ihn ausfahren. Mit Spielen war's vorbei. Zu mir sagte Mama: "Nun hast du was zu fahren und brauchst nicht mehr zu Westermanns zu gehen!"

Omchen und Opa bekommen ihr eigenes Zimmer

Der Platz in unseren beiden Zimmern war sowieso schon eng. Nun waren wir noch eine "Person" mehr. Da kam uns der Zufall zu Hilfe. Frau Brunnlieb, die Schwester von Herrn Vehlow, zog mit ihrem erwachsenen Sohn nach Lübeck, weil dort seine neue Arbeitsstelle war. Ihr Zimmer hatte ein Doppelfenster, der Zwischenraum diente im Winter als Kühlschrank, ein Waschbecken mit Spiegel und Lämpchen. Ein kleiner Ofen war auch drin, dafür verlangte Frau Brunnlieb einen geringen Betrag als Abstand. Zuerst wollten Omchen und Opa nur in dem Zimmer schlafen, alles andere sollte bleiben, wie es war. Die alten Westermanns verkauften gerade ein Bettgestell mit dreiteiliger Matratze, ein Nachtschränkchen mit Glasplatte und einen Waschtisch. Wir sahen uns die Möbel an, alles war in sehr gutem Zustand, und wir kauften sie. So etwas Schönes hatten wir noch nie besessen. Mama meinte, für mein Bett sei in dem Zimmer auch noch Platz, und so wurde ich abgeschoben. Es ging auch eine Weile gut, bis Mama mit Omchen Streit anfing. Dann holte sie wütend mein Bettzeug heraus, und am Abend brachte sie es wieder reumütig zurück, bis zum nächsten Streit. Opa schaute sich das Spielchen eine Zeit lang an, dann sagte er: "Ab sofort kochen wir für uns alleine, damit endlich Ruhe ist." Ich habe mal bei Omchen und mal bei Mama gegessen, wo es für mich das Beste gab. Von der Stromversorgungsgesellschaft Hastra kamen Vertreter in jeden Haushalt und boten Elektrokocher mit zwei oder mehreren Platten an. Omchen hat auf Ratenzahlung einen Zweiplattenkocher und zwei Elektrotöpfe gekauft. Opa staunte jedes Mal, dass das Essen nicht auf dem Feuer gekocht und doch so heiß war. Später kamen Kühlschrankvertreter herum, aber die hat Omchen nicht hereingelassen. Sie war der Meinung, alle, die mit einer Aktentasche herumlaufen, seien Betrüger.

Der Vormund

Zank und Streit war bei uns immer noch an der Tagesordnung. Ein falsches Wort und Mama konnte richtig in Wut geraten. Meistens ging es ums Geld, wir hatten zu wenig davon. O.W. war arbeitslos, es war sicher nicht einfach. Aber sehr einfach, sich die Wut an uns abzureagieren. Was sie gerade greifen konnte, damit schlug sie auf uns ein. Ich lief immer weg und schrie laut. Meine Schwester konnte nicht weinen, sie blieb stehen und verzog keine Miene, dass brachte Mama noch mehr in Rage. Einmal hat sie uns mit der Verlängerungsschnur vom Bügeleisen geschlagen. Ich hatte nur einen Striemen, meine Schwester hatte mehrere über Rücken, Schultern und Arme. Im Sportunterricht wollte sie ihren Pullover nicht ausziehen, da schaute die Lehrerin nach. Mama wurde mit einem blauen Brief zur Schule bestellt. Besser ist es danach nicht geworden. Omchen konnte auch nicht mehr schlichten, deshalb ging sie zu Herrn Riese, dem Schiedsmann der Gemeinde. Er wurde unser Vormund, wenn dicke Luft war, haben wir ihn schnell geholt. Bei uns hatte er eine Dauerstellung, zwei- bis dreimal musste er in der Woche kommen.

Billige Helfer

Die Kinderarbeit war ja schon abgeschafft, aber Mama entwickelte einen Erfindungsreichtum, aus uns beiden nützliche Helfer zu machen. Wir mussten nach der Schule für Bubi in Borg Milch holen, das waren vier Kilometer hin und zurück. Einkaufen, Flur und Treppen fegen, Schuhe putzen, Betten machen und anderes mehr. Beim Geschirr abwaschen hatte sie immer etwas am Finger, womit sie nicht ins Wasser konnte, oder sie musste auf's Klo und kam erst wieder, wenn wir fertig waren. Omchen half ihr sogar beim Windeln Waschen und -aufhängen. Mama musste sich schonen. Wenn wir beide etwas haben oder machen wollten, war ihr Schlagwort: "Gibt's nicht", damit war die Sache erledigt.

Gespart wurde überall. Für die Schule brauchten wir Hefte mit Rand. Die ließen sie von Quelle schicken, graues Papier für 23 Pfennig das Stück. Wenn das Heft voll war, mussten wir auch noch auf dem Rand schreiben. Das brachte entsprechend schlechte Noten und zu Hause darüber Meckerei.

Zeltlager

Im August suchte unsere Lehrerin noch Kinder, die während der Herbstferien ins Zeltlager in Uetzingen wollten. Ich meldete mich, es kostete für 14 Tage nur einen geringen Betrag. Den kratzten wir zusammen, für's Taschengeld reichte es allerdings nicht. Meine Tasche war schnell gepackt. Omchen steckte mir im letzten Moment heimlich fünf Mark zu. Ein offener Lastwagen holte uns vom Treffpunkt Hindenburgplatz in Bomlitz ab. Im Zeltlager wurden nach der Begrüßung Mädchen und Jungen getrennt. Die Zelte im vorderen Teil des Lagers waren für die Mädchen, die im hinteren für die Jungen. In der Mitte war ein großer, freier Platz. Dort saßen wir an schönen Abenden alle zusammen ums Lagerfeuer herum und sangen Volkslieder. Bei Regen verkrochen wir uns in die Vier- und Acht-Personen-Zelte. Das Wetter ließ zu wünschen übrig. Wir schliefen auf Stroh mit einer Decke zugedeckt auf der Erde. Es war kalt und feucht, wenn es regnete, tropfte es vom Zeltdach. Jeden Morgen war Frühsport angesagt. Dauerlauf um das Lager und dann draußen an zwei Reihen mit sechs Wasserhähnen waschen. Bei den Temperaturen konnte das nur Katzenwäsche sein. Bei schönem Wetter haben wir draußen an langen Tisch- und Bankreihen gegessen, bei Regen in der Küchenbaracke. Das Essen schmeckte mir nicht, es gab jeden Tag Eintopf. Wir machten schöne Wanderungen in dem Gebiet um das Grab und Denkmal von Hermann Löns. Es war gespenstisch, wenn in der Dämmerung der Nebel aufstieg, dann sahen die Wacholderbüsche wie Geister aus. Alleine wäre ich da niemals lang gegangen.

Nach ein paar Tagen kaufte ich mir etwas für 20 Pfennig, danach wurde mir der Rest geklaut. Ich hatte sowieso gemischte Gefühle von Heimweh und Bleiben, das war der Gipfel. Ich packte meine Sachen und machte mich auf den Heimweg. Einer der Betreuer hat mich sehr schnell wieder zurückgeholt. Unsere Gruppe war die letzte der Saison. Bevor sie uns entließen, mussten wir das Lager aufräumen. Ich war froh, wieder zu Hause zu sein. Zuerst habe ich mich von oben bis unten gründlich in "warmem" Wasser gewaschen, eine Wohltat. Am meisten freute ich mich auf Bubi, der war so süß und niedlich, zu dem Zeitpunkt etwas nölig, die Zähnchen quälten ihn.

Wie letztes Jahr war wieder Eicheln Sammeln angesagt, ich kam gerade richtig zurück. Für meine Schwester und mich war das Pensum, jeden Tag einen Sack voll Eicheln zu sammeln. Bei Westermanns auf dem Hof sammelten wir auch noch ein Kilo Bucheckern. Das Geld haben Mama und O.W. uns abgenommen. "Ihr wollt ja essen, da müsst Ihr auch mithelfen", sagten sie.

Arno Schmidts Spuren

Mit Alice und Arno Schmidt haben wir im Mühlenhof vom 16.9.1948 bis 30.11.1950 unter einem Dach gelebt. Sie bewohnten ein Zimmer im Parterre und wir das Zimmer darüber im ersten Stock. Als Schriftsteller und Übersetzer arbeitete er den ganzen Tag am Schreibtisch. Am liebsten aber nachts, wenn das große Haus endlich zur Ruhe gekommen war. Dann hämmerte er auf der Schreibmaschine stundenlang ohne

Pause, dass er mit dem Geklapper andere stören könnte, war ihm nicht bewusst. Es hat sich darüber auch niemand beschwert. Bei so vielen Familien mit Kindern ließen sich die Geräusche nicht vermeiden. Keiner war freiwillig da, wir waren alle Gefangene der Situation und der dünnen Wände. Die persönliche Freiheit war durch die Nähe der Nachbarschaft eingeschränkt. Eine aus vielen Flüchtlingen, meistens Pommern, zusammengewürfelte Schicksalsgemeinschaft hatte ihre besonderen Regeln. Arno Schmidt hat am meisten darunter gelitten und fand für sich einen Ausweg. Er ignorierte sein Umfeld und flüchtete in seine eigene Scheinwelt. Manchmal holte ihn die Wirklichkeit zurück, wenn der Magen knurrte oder das Feuer in dem kleinen Herd ausgegangen war. Weil das Heizmaterial fehlte, hackte er auf einem Stein als Unterlage ein paar Äste klein. Mit seinen Gedanken war er längst wieder am Schreibtisch, und das Holz brauchte nur passend für das Herdloch zu sein.

Die Häme der Nachbarn war völlig überflüssig. Jeder war sich selbst der Nächste. Es war für alle nicht einfach. Man hätte doch von allen Nachbarn ein paar Stücke Holz sammeln können und ihm einen Korb mit gehacktem Holz schenken sollen. Ob er es angenommen hätte? Vielleicht hätte er einmal gelächelt und danke gesagt? In dieser Zeit schafften Schmidts sich den elektrischen Heizofen an, das führte dann zu der überhöhten Stromabrechnung.

Mama hielt uns an, alle Nachbarn zu jeder Tageszeit zu grüßen. Herr Schmidt sagte manchmal knapp "Tach", manchmal auch nichts. Frau Schmidt war immer freundlich, sie hielt gern mal ein Schwätzchen, wenn es sich beim Flurputzen ergab. Von drinnen kam dann gleich der Ruf: "Lilli, komm sofort rein!" Wenn Schmidts Waschtag hatten, ging er mit in die Waschküche. Dann durfte kein anderer hinein, noch nicht einmal zum Wasserholen. Er wollte absolut nichts mit uns zu tun haben.

Es hieß, er schreibe ein Buch über den Mühlenhof. Man hat ihn belächelt und als Sonderling abgetan, weil sich keiner die

Mühe machte, ihn zu verstehen. Es sah ja auch gediegen aus, wenn er auf der hinteren Treppe regungslos dastand und Löcher in die Luft guckte. Manchmal setzte er einen Fuß auf die Brüstung. Heute finden meine Schwester und ich es nicht richtig, dass wir an seiner Wand zwischen den beiden Fenstern unsere Ballproben spielten. Es hat damals Spaß gemacht, wenn er wütend 'raustürmte und uns vertrieb. Hätte er uns erklärt, warum es stört, wir hätten es sicher eingesehen. Jeder behauptete sein Recht. Von den Erwachsenen hat keiner gesagt: "Spielt doch woanders, wenn Ihr den Ball immer an die Wand werft, stört das Herrn Schmidt beim Schreiben."

Als er uns wieder einmal weggescheucht hatte, rief Frau Succo oben aus dem Fenster: "Julchen, komm essen!" Sie antwortete hinter der dicken Eiche mit vorgehaltener Hand: "Ich kann nicht." Ihre Mutter: "Warum kannst du nicht?" Sie wieder: "Der Schmidt steht vor der Tür." Eines Tages fanden wir unsere Bälle aufgeschlitzt in Wahls Garten unter den Johannisbeerbüschen. Wir hatten immer aufgepasst, dass sie nicht herumlagen, nur eben diesen Moment nicht. Als Täter für den Frevel kam nur Herr Schmidt in Frage. Kein anderer hatte sich über unser Ballspiel aufgeregt.

Wir haben keine Schläge bekommen, dass die Bälle kaputt waren, war unsere Strafe. Mama hielt uns eine lange Standpauke: "Warum habt Ihr nicht besser aufgepasst, neue Bälle gibt's nicht!" Alle Kinder waren traurig. Dieses Problem hatte sich für Arno Schmidt damit ein für allemal wirksam gelöst. Während ich schreibe, hackt ein Nachbar Holz. Tack - tack - tack, es stört mich gewaltig.

Arno Schmidt hat sich immer beschwert, dass es zu laut ist. Waren wir draußen, hat er uns verscheucht. Waren wir in unserem Zimmer, hat er mit dem Besenstiel an die Decke geklopft. Die Fußbodenbretter waren sehr breit, auch bei leisen Schritten knarrten die Dielen.

Schmidts Zimmer musste zur gleichen Zeit ausgewanzt werden wie unseres. Sie hatten gebrauchte Möbel, beziehungsweise einen Schreibtisch aus der EIBIA gekauft. Von der kleinen Treppe aus schauten wir Kinder von draußen durch ihr Fenster ins Zimmer. Die beiden Gasflaschen standen mitten im Raum, wir konnten genau sehen, wie der weiße Dampf aus den Flaschen aufstieg. Schmidts hatten nur das eine Zimmer, wo sie geschlafen haben, weiß man nicht. Vielleicht waren sie mit ihrem Tandem unterwegs. Es hieß, sie hätten es im Preisausschreiben gewonnen. Nach einigem Üben fuhren sie damit bis nach Hamburg. Alle Fahrräder der Nachbarn standen im Hausflur. Wenn Schmidts von einer Fahrt zurückkamen, wurde das Tandem mit einem Handfeger sauber gemacht und in ihr Zimmer mitgenommen. Der Dreck blieb für den liegen, der Flurdienst hatte. Bei den Sprengungen in der EIBIA mussten Schmidts auch ihre Tür und die Fenster offen lassen. Wo sie in der Zeit waren, keine Ahnung. Jedenfalls wären sie niemals zu uns in den Bunker gekommen.

Mit ihrer Vermieterin, Frau Felsch, haben Schmidts prozessiert. Das zog dann nach sich, dass sie nicht mehr ihr Klo benutzen durften. Herr Wahl hat Herrn Schmidt auf seinem Klo erwischt, er machte keine Affäre daraus und sagte nur: "Dann müssen sie eben auch putzen."

Im Park stand ein Pflaumenbaum mit herrlichen Früchten. Alle probierten schon mal, ob sie reif genug waren. Dann war der Baum über Nacht abgeerntet. Nach einiger Zeit brachten Schmidts eimerweise verfaulte Pflaumen auf den Misthaufen. Ihre Erklärung dazu: Im vorigen Jahr hätten sie kaum welche abbekommen, das wollten sie dieses Mal verhindern. Sie pflückten bei einer Nacht- und Nebelaktion die noch nicht ganz reifen Früchte ab und legten sie auf ihren Kleiderschrank, dort sollten sie ausreifen. Leider sind alle Pflaumen verfault, und keiner hatte etwas davon.

Am 30. November 1950 sind Schmidts weggezogen. In ihrer neuen Wohnung in Gau-Bickelheim entstand das Werk "Die Umsiedler". Darin heißt es, dass er froh sei, unsere albernen Gesichter nicht mehr sehen zu müssen. Er würde uns keine Träne nachweinen. Nun, wir ihm auch nicht!

Viele Jahre später spazierten mein Mann und ich oft zum Mühlenhof, der so langsam verfiel. Von den alten Bewohnern war keiner mehr da, aber die erlebten Geschichten waren und bleiben immer lebendig. Ich erzählte, wer damals hinter den Fenstern wohnte. Unten das Eckzimmer mit den drei Flügelfenstern war Schmidts Zimmer. Ein Schriftsteller am Anfang seiner Karriere und wie wir alle arm wie eine Kirchenmaus. In einigen seiner Bücher spielt der Mühlenhof eine Rolle. Ich kaufte mir "Brand's Haide" und das "Steinerne Herz".

Aufmerksam wurde ich erst wieder, als Arno Schmidt das Thema im FORUM Bomlitz wurde. Im ehemaligen Müllerhaus Westermann fand eine Lesung aus dem Werk von Arno Schmidt "Leviathan" und „Schwarze Spiegel" statt. Dazu wurden Bilder vom Mühlenhof und Umgebung ausgestellt, die in dem Werk erwähnt werden. Es gefiel mir so gut, dass ich mir das Buch kaufte.

Ich bin immer wieder aufs Neue fasziniert. Die Schmidts leben beide nicht mehr, sie hatten keine Kinder, ihr Besitz und seine Werke sind in eine Stiftung übergegangen. Nach einer langen Odyssee haben Schmidts im November 1958 in Bargfeld bei Celle ihr "Zuhause" gefunden. Sie kauften dort ein kleines Häuschen und waren wohl die glücklichsten Menschen der Welt.

Endlich das Eigene,
endlich alleine,
endlich Ruhe.

An einem Sonntag im März 1996 fuhren mein Mann und ich nach Bargfeld, dem letzten Wohnort von Alice und Arno Schmidt.

Ich hatte mich vorher mit Frau Fischer, der Leiterin der Stiftung, telefonisch verabredet. Sie führte uns durch das Stiftungshaus, in dem gerade die Ausstellung zu seinem Buch "Die Umsiedler" zu sehen war. Dann betraten wir das große Grundstück und das "Allerheiligste". Ein Häuschen wie eine

Puppenstube eingerichtet mit den Gegenständen der damaligen Zeit. Vorsichtig gingen mein Mann und ich durch die Räume, es sah so aus, als kämen Schmidts jeden Moment zur Tür herein.

Wir beide kamen uns wie Eindringlinge vor. Er hätte uns niemals hier hineingelassen. Im Arbeitszimmer die vielen Bücher, ich griff nach seiner Brille auf dem Schreibtisch, doch halt! "Darf ich sie anfassen?" fragte ich Frau Fischer, sie erlaubte. Es war eine Hornbrille mit sehr dicken Gläsern, so eine trug Arno Schmidt schon im Mühlenhof. Herr Schmidt war im Alter immer noch schlank, wie man auf den Fotos sehen konnte. So hatte ich ihn auch in Erinnerung, sehr groß, schlank und schwarzhaarig. Die Haare waren weiß geworden, immer noch machte er ein ernstes Gesicht. Ich hatte ihn niemals lächeln sehen. Frau Schmidt war immer noch eine zierliche Person, ohne ihre schwarzen Zöpfe, die hatte sie sich im Alter abschneiden lassen. Sie hatte ein freundliches Gesicht und konnte lächeln, die Fotos beweisen es.

Arno Schmidt starb am 3.6.1979, er wurde 65 Jahre alt.
Alice Schmidt starb am 1.8.1983, sie wurde 67 Jahre alt.

Beide haben auf ihrem Grundstück unter einem Findling von Wacholderbüschen umgeben ihre letzte Ruhestätte. In diesem Häuschen, das sie sich so gewünscht hatten, durften sie 21 Jahre leben. Nun ruhen sie wenigstens auf ihrem Eigentum in aller Abgeschiedenheit. So bescheiden wie sie gelebt haben, ist auch ihre Grabstätte, nicht einmal die Namen stehen auf dem Stein. Arno Schmidt braucht auch kein Denkmal, er lebt in seinen Werken weiter.

Frau Fischer machte uns auf eine stattliche Kiefer aufmerksam. Die haben Schmidts im Blumentopf vom Mühlenhof nach ihrem langen Weg hier eingepflanzt. Doch ein Andenken an die Mühlenhofzeit?

Wie man weiß, haben Schmidts den Mühlenhof niemals mehr betreten, obwohl es von Bargfeld aus nicht allzu weit ist. Es ist alles noch so lebendig, und doch schon für immer: Es war einmal. Ich trug mich ins Gästebuch ein:

Mit Alice und Arno Schmidt habe ich im Mühlenhof zwei Jahre unter einem Dach gelebt. Für mich ist es heute sehr bewegend.

Krippenspiel

Die neugegründete Theatergruppe sollte zu Weihnachten ein Krippenspiel in der Schule aufführen. Ich spielte, wie auch in den folgenden Jahren, immer die Maria, weil ich als einzige lange schwarze Haare hatte. Der Lehrerin schwebte wohl vor, dass Maria schwarzhaarig gewesen sei. Es hat Spaß gemacht. Wir wurden gelobt, wenn auch von den Jungen Spott und Hohn kam. "Na, Maria, hast du auf der Bühne ein Kind gekriegt?" Werner, ein Mitschüler aus meiner Klasse, spielte den Josef. Wir beide waren das "Liebespaar" und schon Eltern einer "Puppe". Bei der Generalprobe am Vormittag durften alle Schüler zuschauen. An zwei Abenden spielten wir für die Erwachsenen. Der Eintritt war gering, wir brauchten das Geld für Kostüme und Kulissen. Die meisten Eltern haben mehr gegeben. Omchen hat sich eine Vorstellung angesehen, aber Mama ist nicht gekommen.

Dieses Jahr freuten wir uns besonders auf Weihnachten, unser Bübchen würde zum ersten Mal die Lichter am Baum sehen. Mit großen Augen staunte er, zeigte mit dem Fingerchen und sagte "Ahgge" oder so ähnlich. Wir beide bekamen jede eine Sparkasse. Für unsere besonderen Leistungen erhielten wir jeweils einen Groschen, die wir alle hineinsteckten. Nach jedem 10-Pfennigstück rutschte der Zeiger auf die nächste Zahl. Bei drei Mark sprang das Türchen auf. Bevor wir dieses Ziel erreichten, steckten Mama oder O.W. Groschen hinein, dass das Türchen aufging. Das Geld nahmen sie uns weg. Langsam kam zu dem Stiefvater die "Stiefmutter".

Endgültig

Mama ließ unseren Vater für tot erklären, damit sie Witwen- und für uns Waisenrente beantragen konnte. Es waren viele Laufereien zu den verschiedenen Ämtern nötig, weil wir keine Papiere hatten. Unsere Dokumente waren bei der Vertreibung unterwegs verloren gegangen. Für mich brauchten wir die AdoptionsUrkunde. Schließlich haben sie die Trauzeugen aufgetrieben, die eine Eidesstattliche Erklärung unterschrieben haben, dass ich bei der Heirat adoptiert worden bin.

Für mich war es schwer, die Situation zu begreifen. Erst hatten wir einen "Vater", der im Krieg geblieben war. Nun gehörte er nur meiner Schwester, und ich hatte gar keinen.

Die Antwort auf die Fragen nach meinem Vater ist meine Mutter mir bis zu ihrem Tod schuldig geblieben. "Du hast eben keinen, damit basta", sagte sie. Dieses Geheimnis hat sie mit ins Grab genommen. Aber der Wunsch, meinen richtigen Vater nur einmal zu sehen, brennt bis heute in mir.

Omchen hat mir erzählt, dass mein Vater bei der Wehrmacht Pilot war. Die Karriere war ihm wichtiger als eine Frau und ein Kind. Mama hat es mich spüren lassen, dass mein Vater, wie man sagte, "sie sitzen ließ". Omchen hat immer ihre schützende Hand über mich und meine Schwester gehalten.

Wenn im Radio die Durchsagen mit den Namen der heimkehrenden Kriegsgefangenen aus Russland kamen, haben Mama und O.W. wohl ängstlich zugehört, ob der Name unseres "Vaters" genannt wurde.

Omchen hörte auch immer aufmerksam zu. Sie hoffte und wünschte sich so sehr, dass mein Onkel Willi, der 1943 vermisst gemeldet wurde, dabei wäre.

Es passte in diese Zeit, dass man alle möglichen Orakel zu Hilfe nahm, um Gewissheit zu bekommen. Man hielt einen goldenen Ring an einem Faden über dem Foto des Vermissten, das flach auf einem Tisch lag. Wenn der Ring ganz still hing, war der Betreffende nicht mehr am Leben. Wenn er hin und her schwenkte, war noch Hoffnung, ihn wiederzusehen. Sehr beliebt war auch das Wahrsagen aus Karten, eben "Kartenlegen". Aus Spaß hat Omchen mich auch einmal zu einer Kartenlegerin nach Walsrode mitgenommen. Sie sagte mir unter anderem voraus, dass ich zwei Kinder bekommen würde. Einen Sohn und eine Tochter. Ich habe zwei SÖHNE bekommen.

Nach der Todeserklärung hatte meine Schwester auch keinen Vater mehr. Bei dem neuen Mann und dem neuen Kind waren wir beide überflüssig. Alles drehte sich um Bübchen, Bübchen und nochmals Bübchen. Nach der Schule musste ich ihn gleich ausfahren und hatte keine freie Minute mehr. Schularbeiten machte ich so nebenbei. "Ich könnte ihn glatt in den Mühlenteich fahren", sagte ich zu Omchen. "Das darfst du nicht einmal denken und schon gar nicht sagen", ermahnte sie mich. Dann hat sie eine Weile aufgepasst, und ich konnte mit den anderen Kindern spielen.

Masern

Ich bekam am ganzen Körper rote Stellen und Fieber. Unser Hausarzt Dr. Bollig, der mich untersuchte, stellte Masern fest. "Sie sind sehr ansteckend", sagte er. "Wenn du Bübchen ansteckst, schlage ich dich tot", sagte Mama wütend. Während der Krankheit mochte ich nicht essen. Omchen hat mir heimlich, wenn Mama und O.W. nicht da waren, ein Rührei gebraten. Meine Schwester hätte gern die Masern gehabt. "Wenn man krank ist, muss man nicht in die Schule", sagte sie. Manchmal legte sie sich zu mir ins Bett, dann schaute sie in den Spiegel, ob sie schon rote Stellen hatte. Ich habe sie nicht und Bübchen auch nicht angesteckt. Bei ansteckenden Krankheiten mussten alle Kinder der Familie zu Hause bleiben, sie genoss es ohne Masern.

Ja, und dann hat Bübchen Keuchhusten bekommen, als ich längst wieder gesund war. Dafür konnte mir keiner die Schuld geben.

Dr. Bollig hat ihm Spritzen gegeben. Ich glaube, wir, O.W. und ich, mussten mit ihm alle drei Tage in die Praxis kommen. Mama hat sich gedrückt, sie konnte nicht sehen, wie ihr kleiner Liebling gequält wurde. Bei der ersten Spritze ahnte er nichts und hat bei dem Pieks sehr geschrien. Zur zweiten Spritze wollte er sich nicht in die Sportkarre setzen lassen. Als wir ihm die Hose auszogen, schrie er und zappelte wild. Bei der dritten Spritze wollte er nicht in die Karre und schon gar nicht in das Doktorhaus. Wir konnten ihn kaum bändigen. Dafür wurde Bübchen zu Hause gehörig verwöhnt. Wir mussten ihm unsere Puppen geben. Er ging damit ziemlich ruppig um, was uns natürlich nicht gefiel. "Lasst ihn zufrieden, er ist sehr krank", sagte Mama. Als er wieder einmal einen Hustenanfall hatte, wollte ich ihm meine Puppe wegnehmen. Ich dachte, wenn er hustet, lässt er sie los. Das hätte ich nicht tun sollen, er hielt sie krampfhaft fest, bekam keine Luft mehr und lief blau an. Ich musste ihm die Puppe lassen und bezog noch eine Wucht. Von unseren Sachen wollte er alles haben, und wir mussten es ihm geben, obwohl er es kaputt machte.

Stubben

Um preiswerter an Holz zu kommen, haben Opa und O.W. vom Förster die Erlaubnis bekommen, im Wald unseres Bauern Stubben zu roden. Opa zeigte O.W. manchen Trick, wie man sich die Arbeit erleichtern konnte. O.W. machte tagsüber die Vorarbeiten, und Opa half ihm nach Feierabend und Samstagnachmittag. Wenn sie genug Holz für eine Fuhre hatten, holte es uns der Bauer mit dem Trecker und Anhänger nach Hause. Dabei machten die Räder tiefe Spuren in den Rasen im Park, das gab mit den Nachbarn Krach. Als der Mühlenhof nach vielen Jahren abgerissen wurde, konnte man die Radspuren immer noch erkennen.

Die Männer luden die gespaltenen Stubben direkt vor unserem Hühnerstall ab. Opa und O.W. haben sie mit einer Handsäge auf Ofenlochlänge geschnitten. Am Tag hat O.W. das Holz gehackt, aber Opa hat es gestapelt.

O.W. durfte die Bäume, am Waldrand zur Wiese hin, ausästen.

Ob es in der Erde oder hoch oben am Baum war blieb gleich schwierig. Auf einer langen Leiter stieg er am Stamm hoch und sägte die Äste in Reichweite ab. Bis auf einmal ist jeder Ast "gut" gefallen. Zum Glück hörte ich sein lautes Rufen und rannte so schnell ich konnte zu ihm. Ein herabfallender Ast hatte die Leiter mit zu Boden gerissen. Er konnte sich gerade noch auf einen anderen Ast retten und hielt sich krampfhaft fest. Alleine konnte ich die schwere Leiter nicht wieder aufstellen. Schnell holte ich Hilfe. Die Leiter wurde wieder aufgestellt. Erleichtert und unbeschadet konnte O.W. herabsteigen.

Dann hat eine Firma den Auftrag erhalten, den Mühlenteich auszubaggern. Einige arbeitslose Männer wurden für etwa vier Monate eingestellt. O.W. konnte da auch anfangen. Für uns Kinder gab es viel zu sehen. Der Teich wurde abgelassen, Schienen mussten bis auf unsere Wiese verlegt werden. Männer mit Schaufeln füllten den Schlick in Loren. Eine kleine Dampflok zog einige Loren mit viel Getöse zur Wiese, wo sie ausgeleert wurden. Wenn eine Reihe bis zur Warnau reichte, wurden die Schienen ein Stück vorgezogen und eine neue Reihe begonnen. Mit der sommerlichen Wärme stieg auch die Geruchsbelästigung für uns an. Man konnte kaum ein Fenster öffnen, ein Milliardenheer von Fliegen und Mücken verfolgte uns. Mit der Zeit ist der Schlick trockener geworden. Wir Kinder durften manchmal in die leeren Loren klettern und zum Teich zurückfahren, das hat uns großen Spaß gemacht. O.W. bekam gutes Geld für die schwere und dreckige Arbeit. Am Anfang zahlte die Firma jede Woche den Lohn pünktlich aus. Dann verzögerten sich die Zahlungen bis zu vier Wochen Rückstand. Die Arbeiter wurden immer vertröstet, und am Ende machte die Firma Pleite. O.W. hat sich umsonst abgeschuftet, denn seinen ausstehenden Lohn hat er nie bekommen. Das Arbeitsamt hielt sich auch schadlos.

Ich musste immer einkaufen

Jeden Samstag von 14.00 bis 14.30 Uhr kam im Radio die Schlager-Parade. Ausgerechnet dann musste ich einkaufen gehen, obwohl die Geschäfte bis 18 Uhr geöffnet hatten. Mama wusste genau, dass ich die Musik gerne hörte, deshalb schickte sie mich aus reiner Schikane weg. Ich konnte mich noch so sehr beeilen, wenn ich zurückkam, war die halbe Stunde um. Wir kauften bei Strube, einem Lebensmittelladen in der Siedlungsstraße, ein. Wohl deshalb, weil wir meistens kein Geld hatten und er "angeschrieben" hat. Der nette Herr Strube trug alle Beträge in sein schwarzes Buch und zur Kontrolle auch in unser kleines Heftchen ein. Am Monatsende, wenn es Geld gegeben hat, wurden die Schulden bezahlt, um wieder neu anschreiben zu lassen.

Bei einigen Waren wie Wagner-Margarine und Bonisto-Blümchen-Kaffee gab es Werbebildchen zum Sammeln. Die Alben dazu musste man kaufen. Ich war am Drücker und kaufte die Marken, deren Bilder ich sammelte. Einmal in der Woche kam eine neue Lieferung, dann blühte der Tauschhandel mit anderen Kindern. Omchen hat mir drei Alben gekauft, die ich heute noch besitze. Auf verschiedenen Flohmärkten kosten sie jetzt das Stück achtzig Mark. Album 1: "Schelme und Narren". Album 2: "Deutsches Denken und Schaffen". Album 3: "Wer lacht mit? Lustiges Sprichwörterbuch". Sie sind alle drei voll geworden. Sammeln ist bis heute meine große Leidenschaft. Die Bonisto-Heftchen mit dem süßen kleinen Neger sind irgendwann verloren gegangen.

Mir ist einmal etwas sehr peinliches passiert: Ich sollte von Dr. Bollig ein Rezept holen, danach wollte ich meine Bilder tauschen. Ich steckte die leeren Tablettenschachteln in die eine Jackentasche und die Bilder in die andere, damit ich nicht durcheinander kam. Wie immer war das Wartezimmer bis auf den letzten Platz besetzt. Dr. Bollig machte die Tür auf und holte alle herein, die ein Rezept wollten. Das war meine Chance. "Ich möchte auch ein Rezept", sagte ich und holte in der Eile mit der Hand ein Bild nach dem anderen heraus, zuletzt fielen sie mir auch noch auf den Boden. Alle lachten, und der Doktor sagte: "Such' mal weiter, soviel Zeit habe ich nicht", und schloss die Tür hinter sich. Mit hochrotem Kopf holte ich aus der anderen Tasche die Tablettenschachteln heraus, zu spät, ich musste warten.

In den Schachteln einer Zigarettensorte steckten kleine Spielkarten. Ich brachte O.W. dazu, genau diese Sorte zu rauchen. Fleißig tauschte ich mit anderen Kindern, bis endlich das Rommé-Spiel zusammen war. O.W. erklärte uns die Spielregeln, und so spielten wir manchen Abend mit den viel zu kleinen Karten, die sich schlecht in der Hand halten ließen. Es hat großen Spaß gemacht, wenn Mama gewonnen hat, wenn nicht, hat sie die Karten über den Tisch geworfen, und das Spiel war zu Ende. Diese Karten habe ich nun schon fast fünfzig Jahre aufgehoben. Sie sind sehr abgegriffen und riechen nach Erinnerung.

Die Reise mit Omchen nach Northeim

Tauti bat Omchen in einem Brief, nach Northeim zu kommen. Da ich gerade Ferien hatte, durfte ich mit. Wir fuhren mit dem Bummelzug die Strecke von Walsrode bis Hannover. In Hannover stiegen wir in einen Eilzug um, der fuhr etwas schneller bis zur Endstation Northeim. Vom Bahnhof holte uns niemand ab, es sollte wohl eine Überraschung sein, dass wir kamen. Zu Fuß gingen wir mit dem Gepäck zu ihrer Wohnung. Meine Tante, mein Onkel, mein kleiner Cousin und Tauti haben sich sehr gefreut. Es gab viel zu erzählen. Mein Onkel führte uns gleich in seinen Garten, der etwas außerhalb der Stadt lag. Omchen lobte ihn, dass er alles so schön in Ordnung hatte. Wir beide mussten mit meinem Cousin in seinem

Zimmer schlafen. Von der Reise ein wenig übermüdet, schnarchte Omchen leise.

Als meine Tante nach uns sehen wollte, saß mein Cousin im Bett und heulte. "Warum schläfst du nicht?" fragte sie ihn. "Ich kann nicht, die Oma macht so komische Geräusche", jammerte er. Sie hat ihn dann mit in ihr Bett genommen. Ich langweilte mich und hatte bald Heimweh nach Hause. Stadt war eben ganz anders als unser gemütliches Dorf. Nach zehn Tagen reisten wir ab. Aus dem Zugfenster konnte man noch viele Trümmer des Zweiten Weltkrieges sehen. Besonders Hannover war stark zerstört.

Zu Hause feierte Heinerle mit allen Kindern vom Mühlenhof Geburtstag. Er hatte einen kleinen Handwagen bekommen, in dem saß Püppi und klatschte vor Freude in ihre kleinen Händchen. Frau Westermann hatte aus Wellpappe und Federn für jedes Kind einen Indianerkopfschmuck gebastelt. Mit mir hatte sie nicht gerechnet, deshalb habe ich keinen abbekommen. Herr Westermann wollte ein Erinnerungsfoto machen, dazu mussten wir uns alle aufstellen und lächeln. Danach spielten wir noch ein bisschen, dann war das Kinderfest zu Ende.

Bübchen wurde gerade gefüttert, als ich hereinkam. Sofort hob er die Ärmchen hoch, und wir beide mussten erst einmal schmusen. Meine Tante hatte ein paar kleine Sachen mitgegeben, die wir gleich anprobierten. Das meiste war viel zu groß. "Das macht nichts, Bübchen wächst da schnell rein", sagte Mama.

Als Bübchen größer war, hat er mit Püppi sehr schön gespielt. Die beiden waren wie Hänsel und Gretel. Nach dem Mittagsschlaf ging Bübchen zu Westermanns Gartenzaun, wenn Püppi nicht draußen war, rief er ganz langgezogen: "Püp - pi, Püp - pi". Bei Westermanns hinter der Mühle haben wir gerne Verstecken gespielt. Einmal waren wir so im Spiel vertieft, dass wir nicht merkten, wie die Mühle zum Feierabend zugeschlossen wurde. Als wir rausgehen wollten, war die Tür zu. Wir waren sehr erschrocken, da draußen zu übernachten war kein angenehmer Gedanke. Wir hatten ja zum Glück Heinerle als Pfand bei uns, den würden sie sicher bald vermissen. Herr Westermann kam auch bald, um seinen Sohn zu holen.

Kleiderspende vom Pastor

Der evangelische Pastor hat eine Sendung Altkleider aus Amerika für die Gemeinde bekommen. Alle Bedürftigen konnten sich kostenlos bedienen.

In der Turnhalle der Bomlitzer Volksschule war der ganze Fußboden mit Kleiderstapeln belegt. Omchen, Mama, meine Schwester und ich gingen auch dorthin. Viele Leute waren schon da und richteten ein Chaos an. Es hat auch Streit gegeben, wenn zwei sich nicht einigen konnten, wer das Teil zuerst hatte. Wir haben schöne Sachen gefunden. Ich nahm ein wunderschönes Jäckchenkleid, das mir wie angegossen passte. Aber nein, Mama trennte es auf, nähte Omchen davon eine Bluse, die sie doch nicht trug. Unter anderem fand ich ein gelbgrünes Kleid mit weitschwingendem Rock und kurzen Ärmeln. Es passte und stand mir sehr gut. So etwas Schönes hatte ich noch nie.

Nicht alle Sachen passten genau, die vielen Änderungen konnte Mama unmöglich mit der Hand bewältigen. Eine Nähmaschine musste her. O.W. hatte inzwischen eine Arbeitsstelle bei der Firma Wolff und Co bekommen. Von einem Arbeitskollegen konnte er eine ausleihen.

Da war ein blauer Wintermantel, der mir gut passte. Mama bestimmte, er sei mir zu kurz. Von einer Militärdecke stückte sie einen Streifen von fünfzehn Zentimetern an. Es sah nicht nur wegen der anderen Farbe blöd aus, es war auch unförmig und schwer um die Beine. Eines Abends sind alle ausgegangen, da habe ich den Streifen wieder abgetrennt. Opa stand Schmiere, damit ich nicht erwischt wurde. Mama hat es längere

Zeit nicht bemerkt und auch nicht für möglich gehalten, dass ich mich ihren Anordnungen widersetzte. Als das große Donnerwetter über mich hereinbrach, hat Opa mich in Schutz genommen.

Später habe ich auf der Maschine nähen gelernt. Ich durfte kleine Reparaturen erledigen, wie Henkel an Handtücher nähen, Löcher flicken und vieles mehr. In der Schule wurde nachmittags von zwei bis vier Uhr Handarbeitsunterricht für Mädchen erteilt. Das benötigte Material musste jeder selbst kaufen und zum Unterricht mitbringen. Mama gab mir immer Strümpfe zum Stopfen mit. Ich hätte mir auch gerne eine Schürze auf der Maschine genäht, wie es der Lehrplan vorsah, aber wir hatten kein Geld. Manchmal erlaubte mir die Lehrerin, an der Schürze eines anderen Mädchens eine Naht zu nähen. Wie sollte ich sonst beurteilt werden, für Strümpfe Stopfen gab es keine Zensuren.

Schulfahrt nach Hamburg

In diesem Jahr sollte unsere Klassenfahrt nach Hamburg gehen. Wir Schüler mit zwei Lehrern und einigen Eltern wollten in zwei Bussen fahren. Ein Besuch im Tierpark und eine Hafenrundfahrt standen auf dem Programm. Meine Teilnahme hing wieder einmal vom Geld ab. Mama war der Meinung, ich sollte zu Hause bleiben, wenn ich selber Geld verdiene, könnte ich ja überall hinfahren. Schließlich hat Omchen mir das Fahrgeld gegeben. Es wurde für mich ein unvergessenes Erlebnis. Die Hafenrundfahrt kam zuerst. Als alle in der Barkasse waren, wurde ein Gruppenfoto gemacht, das man am Schluss der Fahrt kaufen konnte. Der Kapitän hielt uns einen Vortrag über die Bedeutung des Welthafens Hamburg, über die Schiffe, die gerade festgemacht hatten, und die Speicherstadt. Dort lagern auch heute noch ungeahnte Werte von Waren aus aller Welt wie Gewürze, Kaffee, Tee, Baumwolle, Orientteppiche und Spirituosen. Der Kapitän fuhr mit Absicht eine scharfe Kurve, und wir haben alle ein paar Spritzer

Hafenwasser abbekommen, was wir mit lautem Geschrei beantworteten.

Dann fuhren wir mit unseren Bussen zum Tierpark Hagenbeck. Am Eingang wurde jedem erwachsenen Begleiter als Aufsichtsperson eine Gruppe Kinder zugeteilt. Wir hielten uns aber trotzdem zusammen. Einige Kinder kannten sich gut aus. Ich staunte still vor mich hin, noch niemals zuvor hatte ich Giraffen, Elefanten, Löwen, Nilpferde, Tiger, Affen und die vielen anderen Tierarten gesehen. Dieses Geheimnis behielt ich aber für mich, hätte ich es erzählt, wäre ich bestimmt ausgelacht worden. Bei den Affen blieben wir etwas länger, es war zu lustig, wie sie herumtollten und Späße machten. Die Tiger haben mich mächtig beeindruckt, neugierig wollte ich sehen, wo sie schlafen, und ging noch mit anderen in das Tiger-Haus. Draußen war schon ein bestialischer Gestank zu riechen, aber drinnen trieb es uns die Tränen in die Augen, man traute sich nicht zu atmen. Mit lautem "Igitt" und "Pfui" rannten wir schnell wieder raus.

Kaum eine Woche später musste ich schon wieder um Geld betteln. Ein Kasperle-Theater gastierte im Pulverkrug, einer Gastwirtschaft in Bomlitz. Unsere Lehrerin hat verbilligte Karten für unsere Klasse bekommen. "Gibt's nicht", sagte Mama. Dieses Mal hat O.W. mir das Eintrittsgeld gegeben. Wir gingen mit unserer Lehrerin zu Fuß dort hin. Der Saal war fast voll besetzt, als wir ankamen. Ich fand noch einen Platz in der Mitte der ersten Reihe. Der Kasperle machte seine Späße, über die ich gar nicht lachen konnte. Ich ahnte nicht, dass die Puppenspieler ihr Publikum durch die Löcher in der Bühnenwand beobachteten. Plötzlich sagte der Kasper: "He, du kleines Mädchen mit den schwarzen Zöpfchen in der ersten Reihe, warum lachst du nicht?" Ich schaute zur Seite, wen er wohl meinte. "Schau nicht zur Seite, ich meine dich", sagte er. Mir schoss das Blut in den Kopf, so, als ob ich bei etwas Verbotenem erwischt worden wäre. Ich zeigte mit dem Finger auf mich: "Meinst du mich?" "Ja, ja du bist gemeint, gefällt es dir nicht?" fragte er. "Doch, doch", stammelte ich und nickte zustimmend. Von da an habe ich mich bemüht zu lachen, damit ich ja nicht wieder auffalle. In der Schule mussten wir natürlich einen Aufsatz über das Kasperle-Theater schreiben.

Langs schlachten ein Schwein

Als ich morgens zur Schule ging, waren die Vorbereitungen in vollem Gange. Das Schwein wurde gerade aus dem Stall geholt und quiekte auf seinem letzten kurzen Weg. Ein paar Männer stupsten es mit einem Stock an, damit es weiterging. Ich beeilte mich wegzukommen, denn beim Schlachten wollte ich nun wirklich nicht zusehen. Außerdem tat mir das Schwein leid, weil es ahnungslos noch mal hier und da schnüffelte und doch mit jedem Schritt unaufhaltsam seinem Ende zu ging. Man sagt, die Tiere sterben sehr schwer, wenn man sie vor dem Tod bedauert.

Im Unterricht war ich nicht ganz bei der Sache, ich dachte manchmal an das arme Schwein.

Als ich von der Schule kam, war schon alles vorbei. Das Schwein hing ausgenommen auf einer Leiter, die an der Waschküchenwand lehnte. Es roch sehr appetitlich nach frischgekochtem Fleisch, mein Hunger meldete sich. Einige Kinder standen etwas verlegen abseits im Halbkreis, wie Beutegreifer, die auf eine günstige Gelegenheit warteten. "Dicke Luft", warnten sie mich, in die Waschküche zu gehen, was mich aber nicht abhielt.

Tante Lang rührte bis an die Ellenbogen in einer Zinkwanne Salz und Gewürze unter das Mett für die Wurst. Sie gab mir etwas Mett in die Hand und sagte: "Probier mal!" Weil es so gut schmeckte, langte ich selbst hinein. "He, he", sagte sie mit hochrotem Gesicht. "Das Mett soll für die Wurst sein und nicht zum Naschen! Ich habe die anderen Kinder auch schon vertrieben. Sie warten noch draußen auf einen Happen wie die Hunde." Wie konnte es auch anders sein, fast alle Hunde vom

Mühlenhof hatten sich eingefunden, hielten ihre Nasen in die Duftspur und leckten ihre Lefzen.

Jeden Tag, wenn ich auf dem Nachhauseweg an den Häusern der Lohheide-Süd vorbeikam, stieg mir der Mittagsduft in die Nase. Bei uns roch es nie so gut, heute hatten wir mal wieder Stampfkartoffeln und jeder ein halbes Brühwürstchen zu essen. Meine Schwester mochte das Würstchen nicht, ich dafür um so lieber. So handelten wir beide aus: Ich esse ihr Würstchen, und sie bekommt dafür mein Stückchen Schokolade, wenn es welche gibt. Meistens klappte unser Geschäft auch. Aber manchmal vergaß sie, dass sie mein Stückchen schon gegessen hatte und wollte noch eins haben. Es war sehr schwer, sie zu überzeugen, dass der Tausch "Würstchen gegen Schokolade" nur einmal galt.

Alle Hunde vom Mühlenhof

In diesem Kapitel möchte ich über "unsere" Hunde schreiben. Sie waren immer bereit, mit uns herumzutollen, und niemals ist ein Kind gebissen worden. "Bobbi" war ein schwarzer Mischlingsrüde mit kupiertem Schwanz. Er gehörte Vehlows, war der Freund aller Kinder und durfte frei herumlaufen. Mit ihm stöberten wir im Wald nach Kaninchenbauen. Er kroch in ein Loch hinein, wie der Blitz schoss das Kaninchen aus einem anderen heraus, dann hetzte er hinterher, aber gefangen hat er selten eins. Wasserrattenjagen war seine Spezialität. Wenn wir sagten: "Bobbi, komm Ratten", wedelte sein kleines Stummelschwänzchen vor Erregung hin und her.

Das flache Wasser der Warnau war für sie ein Paradies. Fast jeden Tag hat er eine gefangen. Ob er sie auch gefressen hat, kann ich nicht mehr sagen. Vor größeren Ratten hatte er auch keine Angst. Mehr als einmal holte er sich im Kampf eine blutige Nase, Kratzer und Bisse im Gesicht, wenn die Wunden verheilt waren, ging die Jagd weiter.

Nach Bobbi hatten Vehlows nacheinander zwei Schäferhündinnen, Iris 1 und Iris 2. Mit ihnen haben wir nicht mehr gespielt. Sie waren uns fremd, und wir sind inzwischen größer geworden.

Wahls hatten eine Mischlingsschäferhündin, sie hieß "Lumpi". Ihr weißes Fell hatte einige bunte Flecken. Lumpi war auch sehr lieb, aber meistens lag sie bei ihrem Herrchen unterm Sessel und passte auf. Lustig war es, wenn Wahls Enkelkinder Heiner und Pöppi, etwa 5 und 4 Jahre alt, aus Hamburg zu Besuch kamen, dann war Lumpi aus dem Häuschen. Manchmal pinkelte Pöppi noch in die Hose, dann schimpfte ihre Oma mit ihr. "Nein", sagte sie, "das war ich nicht, es hat mich genau da 'rangeregnet."

Bobbi und Lumpi paarten sich, danach hängen Hunde noch einige Minuten zusammen. Weil Lumpi etwas stärker war als Bobbi, zog sie ihn, wohin sie wollte. Heiner sah das zum ersten Mal, lief zu seiner Oma und sagte: "Komm schnell, die Hunde haben sich verknotet." Frau Wahl goss kaltes Wasser über sie, bis sich der Krampf löste.

Langs hatten eine sandfarbene Schäferhündin mit Namen "Lux". Sie war sehr lieb und ließ sich auch streicheln, aber nur selten haben wir mit ihr gespielt. Sie ging immer bei Herrchen oder Frauchen bei Fuß. Obwohl sie so behütet wurde, hat sie doch jedes Jahr sechs bis acht Junge bekommen. Bis auf eins wurden alle totgemacht, dann wurde Lux zur Bestie.

"Resi" war Westermanns echte Dackelhündin. Sie hatte braunes kurzes Fell, krumme Beinchen und war eigensinnig, wie alle Dackel. Mit ihr konnten wir nicht spielen, sie mochte sich nicht gerne anfassen lassen.

Der Lebensgefährte von Frau Succo brachte "Pucki", den echten Dackelrüden, mit. Er hatte auch braunes, kurzes Fell, krumme Beinchen und war sehr lieb. Wenn man zu ihm sagte "Wie niest der Hund?", dann hat er sich vor Niesen kaum eingekriegt. Er lief frei herum, buddelte Löcher im Garten, als würde er Mäuse aufstöbern.

Hatte er genug vom Buddeln, legte er sich müde auf die Fußmatte vor Succos Tür und wartete geduldig, bis ihn jemand hereinließ. Auf das Stichwort "Pucki, wo ist Mäuschen?" stürmte er, egal ob müde oder nicht, die Treppe hinunter und kontrollierte seine Löcher noch einmal. Er ließ sich gerne streicheln, dafür schleckte seine Zunge auch mal durch unser Gesicht, wenn man nicht aufpasste. Ich mochte diesen kleinen Pucki mit seinen treuen Dackelaugen sehr gerne.

In das freigewordene Zimmer von Frau Pauls Tochter zog eine Familie Wessely mit Hündchen "Puffi" ein. Er war ein weißer Spitz, noch sehr jung und sehr verspielt. Sein Schwänzchen rollte er immer auf den Rücken. Pucki beschnupperte ihn kurz, der kleine knurrte, aber Pucki tat erhaben, als wollte er sagen: "Ich vergreife mich doch nicht an Kindern."

Als Schmidts auszogen, bekamen Wesselys noch das Zimmer dazu. In einer Garage des Wirtschaftsgebäudes richteten sie eine Wachsblumenfabrik ein. Nach ein paar Jahren zogen sie wieder fort. Danach kam eine Familie Kirschner mit Jagdhündin "Alfe" in die beiden Räume. Sie übernahmen auch die Wachsblumenfabrik. Alfe lag immer zufrieden in der Nähe ihrer Leute und kümmerte sich um nichts.

Der Kleingarten

Uns bot sich die Gelegenheit, im Kleingärtner-Verein eine Parzelle zu pachten. Der monatliche Beitrag betrug 1949 fünfzig Pfennig. Das Stück Garten am Haus war viel zu klein, es reichte nur für etwas Gemüse und ein paar Reihen Kartoffeln. Gleich im Frühjahr bepflanzten wir die Parzelle mit Kartoffeln, denn sie waren unser Hauptnahrungsmittel. Opa grub mit dem Spaten eine Reihe Pflanzlöcher, und ich legte in jedes eine angekeimte Kartoffel hinein. Große Kartoffeln schnitt Opa durch, dabei achtete er darauf, dass beide Hälften auch Keimaugen hatten. Mit der Erde der nächsten Reihe Pflanzlöcher wurden die der ersten Reihe zugedeckt, bis das ganze Stück bestellt war. Mir hat es großen Spaß gemacht, und ich war stolz, dass ich bei so einer wichtigen Arbeit mithelfen durfte. Nun wollte ich mich im Hausgarten nützlich machen, nahm mir einen Spaten und fing an zu graben. Mein Ergebnis war nicht befriedigend, ich schuf eine Löcher- und Hügellandschaft, die ich auch mit größter Anstrengung nicht geradeharken konnte. Opa war so wütend auf mich, dass er mich verdreschen wollte, wäre er nicht über den kleinen Draht, der den Garten umgab, hingefallen. Das war mein Zeichen, Reißaus zu nehmen. Später, als sich sein Ärger gelegt hatte, waren wir wieder gut miteinander.

Von der ungewohnten "Grabarbeit" hatte ich Rückenschmerzen. Ich beklagte mich bei ihm. "Du hast doch noch gar keinen Rücken, nur ein Rückengeländer, wo der "Dupps" (Hintern) dranhängt, später kommt da mal dein Rücken hin." Meine Knie taten auch weh. "Kommt vom Wachsen, wenn du groß bist, ist das vorbei", tröstete er mich, dabei rollte er seine Jacke zusammen und legte sie mir im Bett unter beide Knie. "Das wird helfen", sagte er. Tatsächlich, am nächsten Morgen war es weg. Die Wachstumsschmerzen kehrten in unregelmäßigen Abständen immer wieder zurück. Vielleicht war es damals der Beginn meiner heutigen Rheumaerkrankung. Aber wer nahm schon die Schmerzen eines Kindes wirklich ernst?

Nun wieder zurück zu unserem Kleingarten. Die Kartoffeln sind alle aufgegangen. Sie wuchsen aber sehr langsam, um nicht zu sagen "kümmerlich". Opa wusste gleich, woran es lag: "Der Boden ist ausgelaugt, da fehlt Dünger." Dieses war unser Problem, ein anderes kam vom Vorstand des Kleingarten-Vereins. "Der Kleingarten soll von der Pflanzenvielfalt leben, nur Kartoffeln, das geht nicht!" wurden wir vom Vereinsvorsitzenden belehrt. Strafe gab es keine.

Die Nachfrage nach Parzellen im Kleingarten war so groß, dass der Verein sich entschloss, ein größeres Gelände, zum Sportplatz hin, dazu zu kaufen. Im neuen Stück sicherten wir uns gleich drei Parzellen mit den Nummern 71, 72 und 73. Da hatte Opa sich was vorgenommen, das Land musste erst urbar gemacht werden. Er grub alles einen halben Meter tief um und holte Stubbenreste und kleinere und größere Findlinge heraus. Gedüngt wurde mit unserem stark verdünnten Hühner-, Kaninchen- und Entenmist. Im Herbst ernteten wir genug Kartoffeln als Wintervorrat. Damit der Vorsitzende nicht wieder meckerte, hatten wir in jeder Parzelle ein paar Reihen Gemüse und Blumen angepflanzt.

Vehlows haben Nerze

Jeder Nerz hatte einen kleinen Drahtkäfig für sich allein. Die Käfige standen draußen auf etwa siebzig Zentimeter hohen Holzböcken und waren von einem zwei Meter hohen Holzzaun umgeben. Was Nerze sind, wussten wir Kinder nicht, ich bin sicher, fast alle Erwachsenen auch nicht. Nachdem wir sie ausgiebig besichtigt hatten, stellte ich fest, sie sehen aus wie Herberts Frettchen und stinken wie Tiger. Also fernbleiben, zumal man uns sagte, dass so ein kleiner Nerz uns den Finger abbeißen könnte, steckten wir ihn durch den feinmaschigen Draht.

Nerze werden gezüchtet, um ihnen das Fell abzuziehen, wenn sie erwachsen sind. Das Kürschner-Handwerk verbraucht etwa 300 Felle für einen Damenmantel, dementsprechend hoch ist auch der Preis. Reiche Damen schmücken sich damit als Statussymbol.

Die Hauptnahrung der Nerze war ein Brei aus Fischabfällen und rohen Eiern. Lebende Hähnchen-Eintagsküken aus Brutanstalten gab es als leckere Beigabe, sie waren damals für einen halben Pfennig zu haben. Die Fischabfälle wurden einmal in der Woche angeliefert. Vehlows machten sich eine Quelle, die aus dem Berg kam, zunutze. Sie stellten mehrere Kübel hintereinander und ließen das Quellwasser durch ein Rohr auf den Fisch laufen. Ein umweltfreundliches Kühlsystem.

Nerze sind sehr reinliche Tiere, selbst in dem engen Käfig haben sie nur an einer Stelle ihr Klo. Ein kleiner Kasten mit etwas Stroh ist ihr Schlafnest, in dem sie auch ihre Jungen zur Welt bringen. Die Kleinen werden nackt und blind geboren. Die Augen öffnen sich etwa in der Zeit wie bei Katzen und Hunden. Vehlows Nerzzucht lief so gut an, dass die Tiere auf Ausstellungen gute Preise erzielten. Sogar Max Schmeling, der auch sehr gute Tiere hatte, wurde auf hintere Plätze verwiesen.

Bald sollte die Anlage vergrößert werden. Schon lange war im Gespräch, dass der alte baufällige Holzspeicher abgerissen werden sollte. Herr Vehlow erhielt dafür die Genehmigung. Das Abbruchmaterial wurde gleich für das neue Gehege und eine Sommerbaracke wiederverwendet. Hier fand O.W. ein reichhaltiges Betätigungsfeld und einen Nebenverdienst. Jede Menge Bretter, Balken und Mauersteine mussten von Mörtelresten und Nägeln gesäubert werden. Wir Kinder halfen gerne beim Aufladen, da man nicht so dicht mit dem Wagen ranfahren konnte. Wir stellten uns in einer Reihe auf, der Erste gab den Stein an den Zweiten und so weiter. Am Ende belohnte uns Herr Vehlow mit einem Fünfpfennigschein für jedes kleinere Kind und einem Zehnpfennigschein für jedes größere.

Dann kam das Fundament, das aus Findlingen bestand, an die Reihe. Die Steine konnten in der Größe nicht verbaut werden, sie wurden zerteilt. Ein gezielter Schlag mit dem Vorschlaghammer auf die Trennungsader, und der Stein fiel auseinander wie ein Stück Holz. Herr Vehlow beherrschte diese Kunst wie kein zweiter. O.W. schaute kurz hin, holte aus und schlug zu. Der Hammer federte auf dem Stein zurück, O.W. bekam ihn direkt vor den Kopf und landete sehr unsanft auf dem Rücken. Ein wenig benommen rappelte er sich mit Herrn Vehlows Hilfe wieder auf, und dann haben sich beide ausgeschüttet vor Lachen. Es gab eigentlich nichts zu lachen, er hätte tot sein können. O.W. konnte sich noch eine Weile an seinem "Horn" erfreuen.

Im neuen Gehege hatten viele Käfige Platz. Jeder war mit einer Nummer versehen. Die alten Eichen konnten stehen bleiben,

Nerze brauchen auch Schatten. Alle Bewohner schimpften über den Gestank, man konnte nur bei günstigem Wind die Fenster öffnen, aber beschwert hat sich keiner. Heute wäre die Nerzzucht so dicht am Wohnhaus nicht genehmigt worden. Damals hat man es wohl gelassener hingenommen.

Von Februar bis April ist die Paarungszeit (Ranz). Mit Fallen und List wurden die Männchen (Rüden) gefangen und zu den Weibchen (Fähen) gesetzt. Nach einer Tragzeit von 39-48 Tagen kommen einmal im Jahr pro Wurf drei bis sieben Junge auf die Welt. Nach etwa sechs Wochen muss man nachsehen, welches Geschlecht die kleinen haben und sie in eigene Käfige umsetzen. Im Zuchtbuch wird genau notiert, welche Fähe mit welcher Käfignummer wie viele weibliche und männliche Junge hat, welche Käfignummern ihre Kleinen bekamen.

Herr Vehlow schaute bei einem zu spät nach, da hat sich der kleine Nerz mit seinen Eckzähnen durch den Nagel des Zeigefingers verbissen und ließ nicht mehr los. Herr Vehlow rief nach seiner Frau, sie möge ihm einen Löffel bringen. Sie fragte zurück: "Wozu brauchst du einen Löffel?" Er schrie sie an: "Mach schon, an meinem Finger hängt ein Nerz!" Vorsichtig wurde das Mäulchen mit dem Löffelstiel aufgebogen.

Trotz größter Vorsicht ist es immer wieder vorgekommen, dass Nerze ausgebrochen sind. Einmal landete einer in ihrem eigenen Hühnerstall. Durch den Lärm sind sie in ihrer Sommerbaracke wachgeworden, sofort schauten sie im Stall nach und fingen wenigstens den Nerz wieder ein. In freier Wildbahn tötet der Nerz nur ein Tier, um es zu fressen. Hier hatte er in seinem Blutrausch ganze Arbeit geleistet, nur wenige Hühner hatten überlebt. Solange es die eigenen Hühner sind, ist es ja egal.

Im Hühnerstall von Bauer Otto Hogrefe hat ein Nerz alle Hühner erledigt, weil niemand etwas gehört hat. Herr Hogrefe erschien außer sich vor Wut bei Vehlows, denn es konnte nur ein Nerz getan haben, obwohl dieser schon längst das Weite gesucht hatte. Mit gutem Willen kann man sich aber über alles einigen.

Wenn die Nerze in der Warnau verschwanden, sind sie nie mehr zurückgekommen.

Einmal erzeugte der Ausbruch eines Nerzes eine unfreiwillige Komik. Weit nach Mitternacht wurde Omchen durch das Kratzen an unserer Zimmertür geweckt. Sie öffnete, machte das Flurlicht an und sah, wie ein Nerz auf der Holzleiste der Treppe nach unten huschte, wo die Fahrräder standen. Sofort klopfte sie an Vehlows Flurtür. Bis sie es endlich hörten, war das ganze Haus erwacht. Verschlafene Gestalten fanden sich zur Nachthemdenparty auf dem Flur ein. Herr Vehlow hatte sich eine Hose angezogen und in der Eile seinen Hosenschlitz nicht zugemacht. Ein vorwitziger Zipfel seines Hemdes schaute an der offenen Stelle heraus, worüber alle lachten. Er stellte neben den Fahrrädern einen Marmeladeneimer mit einem Stück Fisch hin. Schwupp ist der Nerz hineingeschlüpft. Schnell legte Herr Vehlow einen Deckel drauf, und der Nerz war wieder eingefangen.

Bei einer Fütterung hatte Frau Vehlow eine Klappe nicht richtig verschlossen. Ein Nerz nahm dieses Angebot zur Freiheit an. Sie wollte ihn mit dem Eimertrick wieder einfangen, es klappte nicht, er kannte ihn wohl schon. Er biss sie in die Ferse. Auf ihre Schreie hin kam die tapfere Schäferhündin Iris zu Hilfe. Nach einem kurzen Kampf verbiss sich der Nerz in ihrem Nacken. Iris rollte sich, um ihn loszuwerden, bis jemand den Übeltäter zurück in den Käfig sperrte.

Mit der Aufschrift "Lebende Küken" standen die Kartons übereinander gestapelt in der Sonne. Drinnen piepte es zum Erbarmen. Nahrung bekamen sie keine, sie sollten ja selbst Nahrung werden.

Oft bin ich zu Frau Vehlow gegangen und half ihr ein wenig. Bei ihr konnte ich mir aussuchen, was ich machen wollte, zu Hause musste ich es tun. Ich fragte sie, ob ich die Küken tränken dürfte, denn sie sperrten vor Durst ihre Schnäbel auf. Sie erlaubte es. Ich nahm jedes in die Hand und tauchte den Schnabel ins Wasser. Damals trugen Mädchen Schürzen mit großen Taschen. Bevor ich ging, steckte ich mir in jede Tasche zwei Küken und habe sie unserer Glucke untergeschoben. Obwohl ihre Küken schon größer waren, hat sie die kleinen angenommen. Ich rettete immer wieder welche vor den Nerzen, am liebsten hätte ich alle mit nach Hause genommen. Viele sind trotzdem totgegangen, aber ein paar haben wir großgekriegt. Nicht ein einziges Mal ist ein Hühnchen dabei gewesen, es waren immer Hähne. Einen Gockel hatte ich besonders gerne, er lief mir immer hinterher. Ich konnte ihn auf den Arm nehmen und mit ihm schmusen, dann machte er genüsslich die Augen zu. Mein "Schnoker" war ein Sperber, grau gesprenkelt, hatte einen Rosenkamm und an den Füßen lange Federn. Wenn ich mich im Park auf eine Decke legte, machte mein Schnoker es sich an meinem Gesicht bequem. Manchmal gab ich ihm ein Stückchen Brot als Leckerbissen.

Beim Küken Verfüttern wollte ich nicht zusehen. Frau Vehlow sagte, sie würde jedes Küken betäuben, ehe sie es in den Käfig wirft. Natürlich hat es ihr selbst auch leid getan.

Wenn die Gehegetür einen Moment offen stand, sind die Hühner gleich reingegangen und fraßen unter den Käfigen die Fischreste auf. Um an die hängengebliebenen Reste ranzukommen, sprangen sie auch hoch. Nicht selten haben die Nerze ihnen in den Schnabel gebissen. Ich habe längere Zeit ein Huhn aus der Hand gefüttert, weil der Schnabel ganz ab war und es nichts vom Boden aufnehmen konnte. Es kam mir schon entgegen, wenn es mich sah.

Im Herbst wurden die Nerze gepelzt. Das heißt: Töten und das Fell abziehen. O.W. hat dabei auch mitgeholfen. Ein kleiner Kasten, etwa 30x30x30 Zentimeter groß, mit einem Türchen für den Nerz und einem Loch mit Korken für das Gift. O.W. hat sie gefangen, und Herr Vehlow hat das Chloroform dosiert. Die Tiere wurden vergast, damit das Fell unbeschädigt blieb. Nach einiger Zeit, wenn sie tot waren, wurde das Fell vorsichtig mit dem Skalpell abgetrennt und gleich gespannt. Hatte ein Balg Löcher, war er wertlos.

Es ist einmal passiert: Als jeder seinen Nerz schon halb ausgezogen hatte, sind sie wieder wachgeworden. Die "Toten" im Badezimmer, die dort auf Vorrat abgelegt waren, damit man nicht für jedes einzelne Tier die Treppe runter- und raufgehen musste, liefen auch alle putzmunter herum. Sie lieferten sich heftige Keilereien, es war nicht einfach, sie wieder einzufangen, vor allen Dingen wollten sie nicht wieder in den Kasten. So dumm sind die Tiere nicht.

Entenleberwurst

Auf dem Wochenmarkt in Walsrode kaufte O.W. zehn kleine Entchen. Sie waren so niedlich, meine Schwester und ich waren sehr begeistert. Als wir junge Brennnesseln holen mussten, hat es sich gelegt. Wir pflückten die Nesseln mit bloßen Händen, auch bei größter Vorsicht brannte es wie Feuer. Die Nesseln wurden kleingeschnitten und mit Quark vermischt, das haben die Entchen und auch die Küken sehr gerne gefressen.

Dazu fällt mir ein Witz ein, den man sich damals erzählte: Als die Russen nach Deutschland kamen, staunten sie über alles. Einer musste aus der Hose und setzte sich irgendwo am Gebüsch hin. Er sah ein Eichhörnchen am Baum hochklettern. Bedauernd sagte er: "Armes Deutschland, kleines Fuchs." Ohne hinzusehen, rupfte er ein bisschen Gras mit einer Brennnessel und putzte sich ab. Da schrie er: "Aber schlechte Gras, brennt sich wie Feuer!"

Wir hatten unseren Hühnerauslauf schon um zwei Kaninchenställe erweitert, nun mussten wir für die Entchen Platz schaffen. O.W. richtete sogar einen kleinen Teich ein. Noch aus den EIBIA-Beständen grub er eine Duschwanne so tief ein, dass die Entchen bequem rein und raus konnten. Es war so goldig, wie sie sich im Wasser tummelten. Mit der Zeit wurde die Sauerei doch zu groß. Der ganze Auslauf war nur noch mit Gummistiefeln begehbar. Der Teich kam wieder weg, sehr zum Leidwesen der Entchen. Sie kamen am Tag in einen Ferch auf dem Rasen, dort badeten sie nacheinander in ihrem Trinkgefäß. Bei dem guten Futter sind sie schnell gewachsen und waren gesund und munter.

Im Herbst sollten alle auf einmal geschlachtet werden, Omchen wollte uns Entenleberwurst machen. Das Rezept weiß ich nicht, aber der Geschmack ist mir heute noch auf der Zunge und der Geruch in der Nase. Die Leberwurst wurde in vier Weckgläsern eingekocht, sozusagen als Reserve. Weil das eine Glas nicht voll war, haben wir die Wurst gleich gegessen. Sehr gerne hätten wir die anderen Gläser auch leergemacht, so etwas Gutes hatten wir nicht alle Tage. Aber nein, Mama bestimmte, sie kommen in den Vorratsschrank auf dem Flur.

Jetzt hatte ich mein zweites Schlüsselerlebnis. Als wir nämlich nach einiger Zeit nachgesehen haben, war die Wurst über und über mit Schimmel bedeckt. Verdorben, weil die Gläser nicht richtig zu oder aufgegangen waren.

Schade um die Enten, die Arbeit, die Wurst und Omchens Mühe damit, nur Mama hatte ihren Willen.

Meine Moral aus dieser Geschichte: Obwohl ich einen Kühlschrank habe und meine Familie fragt, willst du dieses oder jenes aufheben, dann sage ich immer, alles, was zu essen da ist, kann sofort gegessen werden, wozu warten, bis es verschimmelt ist.

Erholung in Rittmarshausen

Im Zuge einer Schuluntersuchung vom Gesundheitsamt wurde festgestellt, meine Schwester und ich seien unterernährt und sollten "verschickt" werden. Vom 17.4. bis 16.5.1952 sollten wir nach Rittmarshausen bei Göttingen. Eigentlich wollte ich gar nicht weg, aber mit meiner Schwester zusammen, tröstete ich mich, würde ich nicht so viel Heimweh haben. Unsere Sachen wurden hergerichtet. In jedes Teil musste der Name eingenäht und auf einer Begleitliste fein säuberlich aufgeführt werden.

Am Abreisetag fanden wir uns mit einem geliehenen Koffer und einem Persilkarton in Walsrode auf dem Bahnhof ein. Im Zug begleitete uns eine Betreuerin bis zum Zielort. Rittmarshausen war damals ein verschlafenes Nest mit einem Schloss, in dem das Heim untergebracht war. Das Hauptportal und die breite Treppe im Schloss durften wir nur bei der Ankunft und der Abreise benutzen, und dann auch nur auf den Läufern und Teppichen. Sonst ging es über die "Hexentreppe", einer Stiege aus der Zeit der Feudalherren für die Bediensteten.

Das Schloss hatte drei Meter dicke Wände, auch in der größten Hitze blieb es drinnen immer kühl. Die Räume waren sehr groß und die stuckverzierten Decken sehr hoch. Zuerst wurden wir in die Schlafräume geführt, Jungen und Mädchen getrennt, versteht sich, um unsere Sachen auszupacken. Dann gingen wir im Gänsemarsch, dass wir ja nicht auf den kostbaren Intarsienboden traten, in den Speiseraum. Hier standen zwei lange Tische, an denen wir Platz nehmen durften. Einer war für die Mädchen, der andere für die Jungen. Die beiden Heimleiterinnen, Erzieherinnen, die Köchin und das Personal saßen an einem runden Tisch. Die Köchin, Renate Kleemann, erkannte ich sofort wieder. Sie war auch im Erholungsheim in Niendorf an der Ostsee, als ich dort war. Sie hat mich auch erkannt, aber daraus entwickelten sich für mich keine Vorteile. Über das Essen schweigt des Sängers Höflichkeit, nach vier Wochen hatte ich kein Gramm zugenommen. Der Tagesablauf war streng geregelt: Wecken, waschen, anziehen, frühstücken, spazieren gehen, Mittagessen, Mittagschlaf, zur Kaffeezeit ein Brötchen mit Marmelade und lauwarmer Milch, spazieren gehen, Abendbrot, Zähne putzen, zu Bett gehen. Am nächsten Morgen dieselbe Leier von vorn. Bei Regen durften wir im Speiseraum Briefe schreiben, lesen, Spiele spielen oder im Chor singen. In einer Nacht bin ich vor Kälte wachgeworden, wir hatten nur eine Wolldecke in einem Bezug zum Zudecken. Ich weckte meine Schwester, zusammen krochen wir in mein Bett und deckten uns mit beiden Decken zu. Am Morgen hat die Erzieherin gemeckert, jeder sollte doch in seinem Bett schlafen. Ich bekam noch eine Decke.

Nach einer Woche haben wir die Wäsche gewechselt, die dreckige kam in die Koffer auf dem Boden. Wir beide hatten unsere Geburtstage in der Zeit. Das besondere an so einem Tag war, dass das Geburtstagskind den Gänsemarsch anführen durfte. Meine Schwester hat von zu Hause ein Päckchen mit Süßigkeiten und einen Brief bekommen. Natürlich hat sie mir etwas abgegeben. Als ich Geburtstag hatte, bekam ich nur einen Brief. Vom Briefgeheimnis hatten die Heimleiterinnen noch nichts erfahren, alle Briefe, die reinkamen oder rausgingen, wurden erst von ihnen gelesen. Ein Mädchen hatte großes Heimweh nach Hause. Heimlich schrieb sie einen Brief und steckte ihn auf einem unserer Spaziergänge in den Briefkasten. Das Theater war groß, am liebsten hätten die den Kasten aufgemacht und den Brief herausgenommen. Ab sofort durfte sie nicht mehr an den Spaziergängen teilnehmen. Ich hatte auch genug von der Rumrennerei und leistete ihr Gesellschaft bei der Gartenarbeit. Das hat viel mehr Spaß gemacht.

Nach drei Wochen machten wir einen Ausflug zu den Gleichen. Das sind drei gleiche Berge nicht weit von Rittmarshausen. Wir gingen morgens los und waren zur Mittagszeit dort. Als Proviant hatten unsere Begleiter in ihren Rucksäcken belegte Brote mitgebracht. Für jedes Kind waren zwei Schnitten gedacht. Zu trinken gab es genug aus der Wasserleitung der Berghütte.

Am letzten Abend feierten wir Abschied. Die Heimleitung spendierte jedem Kind ein Eis, dann sangen wir Volkslieder, bis es dunkel wurde. Das war der einzige Abend, an dem wir ohne Zähneputzen ins Bett mussten.

Nach dem Frühstück packten wir unsere Sachen zusammen. Sie wurden abgezählt, ob keiner etwas geklaut hatte. Im Gänsemarsch gingen wir die Treppe herunter zum Hauptportal. Dort haben uns die Heimleiterinnen mit Handschlag verabschiedet. Wir beide freuten uns auf zu Hause und unser Bübchen.

Tauti kommt zu Besuch

Dieses Mal kam sie nicht mit dem Zug, sondern mit ihrem Freund auf dem Motorrad. Etwas verlegen waren wir anfangs schon, das legte sich schnell, denn "Hans" war sehr nett. Wir, die kleinen Cousinen, interessierten uns für das Motorrad, leider konnte er immer nur eine auf dem Sozius mitnehmen, und das war Tauti.

Zum Hermann-Löns-Grab sind wir drei zu Fuß gegangen, meine Schwester wollte nicht mit. Unterwegs rauchte Hans. Das war für mich die Gelegenheit, auch mal zu probieren, wie Rauchen ist. Ganz genau erklärte er mir, wie ich es machen sollte: Ziehen und tief einatmen. Ich habe mich bald totgehustet, und die Augen tränten, nein, nein, Rauchen war nichts für mich. Die beiden haben sich krummgelacht, seine Ratschläge waren Absicht gewesen.

Nachdem ich nicht mehr grün im Gesicht war, machten wir ein paar Fotos. Ich in meinem Lieblingskleid, mit dem weitschwingenden Rock, setzte mich vor den großen Findling auf dem Grab. Mamas Kommentar zu dem Bild: "Da siehst du aus wie die Prinzessin auf der Erbse."

Hans hatte im Gasthaus Kopp in Cordingen ein Zimmer. Tauti schlief bei uns. Jeden Morgen ging sie ihn wecken. Ich konnte gar nicht verstehen, warum sie mich nicht dabeihaben wollte.

Nach einem Jahr haben die beiden geheiratet. Mama und Omchen sind mit Bübchen im Zug nach Northeim gefahren. Opa hat gut für uns gesorgt, er kochte immer, was wir wollten.

Trotzdem war es blöd ohne die drei. Sehnsüchtig holten wir sie vom Bahnhof ab.

Pilzvergiftung

Omchen hat gerne Pilze gesucht, und wir haben sie gerne gegessen. Sie kannte die Stellen genau, wo essbare Pilze wuchsen, und ist immer alleine gegangen. An jenem Nachmittag ist Bübchen ihr hinterher geschlichen. Omchen schickte ihn zurück, er ging aber nur aus ihrer Sichtweite. Wenn Omchen einen Pilz nicht genau kannte, schnitt sie ihn ab, leckte mit der Zunge daran, ob er genießbar war.

Genau das hat Bübchen nachgemacht. Er leckte nicht nur daran, sondern hat von einem Knollenblätterpilz gegessen.

Zu Hause hat er noch zwei Brötchen verzehrt. Erst nach einigen Stunden musste er erbrechen, konnte nicht mehr gehen und stehen. Es war nicht schwer zu erraten, was er hatte. Die Brötchen waren tatsächlich sein Glück, sie haben das Gift aufgehalten.

Ich lief so schnell ich konnte zu Westermanns, um Dr. Bollig anzurufen. Dort angekommen brachte ich vom schnellen Laufen und Heulen kein Wort heraus. Frau Westermann konnte aus meinem Stammeln nur ahnen, was passiert war, ich nickte nur auf ihre Fragen. Dr. Bollig war nicht zu Hause. Da rief sie ihre bekannte Ärztin, Frau Dr. Levin, im Soltauer Krankenhaus an. Die kam sofort mit dem Motorrad angefahren.

Mehrmals pumpte sie Bübchen den Magen aus. Dann kam auch ihr Mann zu Hilfe, der ebenfalls Arzt im Soltauer Krankenhaus war. Die beiden Ärzte kämpften die ganze Nacht um Bübchens Leben. Als sie meinten, es sei geschafft, wollten sie einen starken Kaffee haben, den Omchen kochte.

Auf die Frage, was sie für ihre Bemühungen zu bekommen haben, wehrten beide ab: "Dass das Kind lebt, ist unser Lohn!"

In dieser Nacht war an Schlaf nicht zu denken, wir alle haben in banger Sorge gehofft und gebetet, dass Bübchen nicht stirbt.

Nach etwa sechs Wochen kam er mit der Nachricht nach oben: "Die Doktersche, welche mich ausgepumpt hat, hat sich totgefahren." Wir wollten es nicht glauben, konnten die schreckliche Nachricht aber in der Zeitung lesen: Frau Dr. Levin ist mit dem Motorrad an der Cordinger Kreuzung tödlich verunglückt.

Es hat an der Stelle im Laufe der Jahre immer wieder Unfälle gegeben, 'mal leichtere, 'mal tödliche. Man mag es nicht glauben, erst nach vierzig Jahren hat man aus der gefährlichen Kreuzung einen beruhigten Kreisverkehr gemacht.

Frau Dr. Levin, eine junge Frau und Mutter eines Sohnes in Bübchens Alter, war die einzige Tochter von Marquardts. Ihr Vater war Chef der Holzindustrie. Dort fand auch die Trauerfeier in einem Saale statt. Von da aus ging der Trauerzug, an dem mehrere hundert Menschen teilnahmen, zum Borger Friedhof.

Die neuen Großeltern

Schon lange war es geplant, O.W.'s Bruder wollte mit seiner Familie wegziehen. Die Großeltern aus der DDR sollten die Wohnung übernehmen. Wir nannten sie Großmutter und Großvater, damit wir sie nicht mit Omchen und Opa verwechseln. Meine Schwester und ich ahnten nicht, dass Großmutter nur Bübchen als ihren Enkel ansah. Er bekam Süßigkeiten von vorn und hinten gestopft. Zu uns sagte sie: "Ihr braucht nichts mehr, ihr seid ja schon groß." Es gab damals Zuckerstangen, etwa vierzig Zentimeter lang, fingerdick, in verschiedenen Farben mit einer spiralförmigen Verzierung. Meistens brachte sie so eine für Bübchen mit. Wenn sie weg war, haben wir beide uns ein Stück abgebrochen, dann schrie er und trampelte mit den Füßen.

Omchen konnte diese Ungerechtigkeit nicht ertragen, es gab immer Krach. Als Ausgleich gab Omchen uns ein paar Groschen für Süßigkeiten. Wenn Großmutter das sah, verpetzte sie uns bei Mama. Zu Bübchens Geburtstag schenkte Großmutter ihm eine kleine Torte mit den Worten: "Mein liebes Bübchen, zu deinem Geburtstag hast du eine Torte für dich ganz alleine." Das hat Mama sehr wörtlich genommen, sie ließ Bübchen alles alleine aufessen. Noch nicht beim letzten Happen angelangt, musste er sich schon übergeben. Daraufhin war Großmutter sehr verärgert. Mama machte ihr klar, dass nicht alles für Bübchen ist, jeder hätte gerne ein Stück von der Torte gegessen. Großmutter konnte sehr gut backen, ihre Torten und Kuchen schmeckten wunderbar.

Das schönste Erlebnis mit Großvater war "Speckbraten", das war ein Brauch aus ihrer Heimat, O.W. kannte sich damit sehr gut aus. Bei schönem Frühlingswetter gingen wir alle zur Warnauwiese. Ein Feuer wurde angezündet und rundherum kleine Astgabeln in die Erde gesteckt. Die Speckscheiben wurden auf angespitzte Stöckchen aufgespießt und in den Astgabeln unter ständigem Drehen über dem Feuer geröstet. Jeder bekam eine Scheibe Brot mit Zwiebelringen belegt, darauf ließen wir das flüssige Fett tropfen. Dann bekam jeder eine Scheibe heißen Speck aufs Brot. Es schmeckte einfach gut, wir konnten gar nicht genug kriegen. Sogar Opa, der keine Zwiebeln mochte, war begeistert. Weil es uns so gut gefallen hat, wollten wir es öfter machen. Leider sind wir nicht mehr dazu gekommen, Großvater erkrankte an der Lunge. Wir Kinder durften ihn nicht besuchen.

Zur Vorsorge wurden wir jeden Monat vom Gesundheitsamt geröntgt. Der Apparat war so ein vorsintflutliches Modell. Alle Patienten waren in dem Raum und stellten sich nacheinander hinter den Röntgenschirm, bis alle durch waren. Man konnte ohne weiteres dem Arzt, der vor dem Gerät saß, über die Schulter schauen. Eine Schwester notierte hinter einem Wandschirm bei einem kleinen Rotlicht, was der Arzt diktierte.

Heute wäre das undenkbar, die Strahlenbelastung wird auf Dauer sogar als gefährlich angesehen.

Noch ein Brüderchen

Mama war hochschwanger, als uns dieser unscheinbare Brief mit dem bekannten Absender erreichte. Er war vom tot erklärten, aus der Gefangenschaft zurückgekehrten Ehemann. Die Nachricht war kurz, aber folgenschwer:

"Bin in der DDR bei einem Schlachter untergekommen. Mir geht es gesundheitlich nicht gut. Sobald ich mich erholt habe, komme ich."

Ein Weltuntergang konnte nicht schlimmer sein. Mama heulte nur noch, und O.W. zog schon in Gedanken aus.

Nach einiger Zeit kam ein zweiter Brief mit schwarzem Trauerrand, der komischerweise große Erleichterung auslöste. Es war die Todesnachricht von Mamas Ehemann. Unsere Adresse hatten seine Wirtsleute in seinem Nachlass gefunden.

Es wurde Zeit, den Kinderwagen und die Babysachen für den neuen Erdenbürger herzurichten. Die Geburt sollte zu Hause stattfinden. Am Abend vorher sind wir noch mit Mama am EIBIA-Zaun spazieren gegangen. Am nächsten Tag, dem 30.06.1954, war Sonnenfinsternis.

Es wurde immer dunkler, obwohl es erst zehn Uhr morgens war. Die Hühner gingen in den Stall, und wir schauten durch rußgeschwärzte Gläser, wie die Sonne immer kleiner wurde. Nach ein paar Stunden kam die Sonne wieder zum Vorschein und die Hühner aus dem Stall.

Um 19.30 Uhr erblickte unser zweites Brüderchen das Licht der Welt. Es sollte ein Mädchen werden, ich hatte eine rosa Ausfahrgarnitur gehäkelt, die anderen Sachen waren auch rosa. Wir warteten draußen ganz gespannt auf den ersten Schrei. Endlich rief uns die Hebamme in das kleine Zimmer. Bübchen schaute als erster in den Kinderwagen und sagte: "Mensch, Papa, eins ist schon drin, das andere kommt nach." Was er wohl damit meinte? Kindermund, keiner hat davon gesprochen! Die Freude war gebremst. O.W. hat sich dieses Mal nicht betrunken.

Sechs Wochen nach der Geburt seines neuen Enkels ist Großvater gestorben. Er hat es noch mitgekriegt, wenn er ihn auch nicht mehr gesehen hat.

Für uns hatten die leidigen Röntgenuntersuchungen ein Ende.

Blinddarm

Für mich fing das neue Jahr mit großen Schmerzen an. Längere Zeit war mir schon schwindelig, ich hatte Bauchschmerzen, und das Essen schmeckte auch nicht. Silvester saßen wir alle bis zum neuen Jahr zusammen, dann brachten Omchen und ich Großmutter nach Hause, weil sie im Dunkeln Angst hatte.

In der Nacht zum 2. Januar waren die Schmerzen so groß, dass ich es nicht mehr aushalten konnte. Omchen klopfte Mama aus dem Bett, sie sollte den Doktor holen. Die sagte nur, ich hätte zu viel gegessen und sollte ein Glas Wasser trinken, dann würde es wieder vergehen. "Wenn du nicht gehst, dann gehe ich, es ist ernst", sagte Omchen. Endlich ging O.W. los. Das ganze Haus war wieder wachgeworden. Frau Succo kam an mein Bett und tröstete mich: "Es ist gar nicht so schlimm. Ich habe auch keinen Blinddarm mehr." Dr. Bollig bestätigte den Blinddarm und schrieb eine Einweisung ins Krankenhaus aus. O.W. musste noch mal zum Telefon, den Krankenwagen anrufen. Die armen Westermanns hatten eine unruhige Nacht.

Ich wurde gleich operiert und dachte noch, hoffentlich wissen die auch, wo der Blinddarm ist. Mama musste kommen und die Einwilligung zur Operation unterschreiben. Mich hat sie nicht besucht, die Schwester sagte nur, dass sie da war. Ich habe gar keinen Besuch bekommen.

Herzanfall

Opa war arbeitslos. Im Zuge der Rationalisierung in der Holzindustrie haben sie ihn entlassen. Er hat sehr darunter gelitten, denn er redete sich ein, nutzlos zu sein und wollte nicht mehr leben. Das führte zum Herzanfall. Wir holten Dr. Bollig, der gab ihm eine Herzspritze und mühte sich lange ab, Opa zurückzuholen. Dann schickte er ihn ins Krankenhaus Walsrode. Ich konnte mich nicht von ihm verabschieden. Heulend schloss mich im Klo ein, ich hatte das Gefühl, er kommt nicht mehr zurück. Als der Krankenwagen abfuhr, steckte ich meine Faust in den Mund, um nicht laut zu schreien. Ein paarmal bin ich mit dem Fahrrad zum Krankenhaus gefahren und habe ihm frische Wäsche gebracht.

Wie verzweifelt muss er gewesen sein, als er versucht hat, sich an der Türklinke der Toilette aufzuhängen, was missglückte. Die Folge war, er wurde ins Landeskrankenhaus Lüneburg überwiesen. Mit Besuchen war es sehr schlecht, man konnte mit dem Zug nicht an einem Tag hin- und zurückkommen. Ich schrieb ihm Briefe und schickte Fotos, die ich mit meiner 6x9 - Box machte. Auf ein Foto von Bübchen schrieb er hinten drauf:

Am 16. April
mein Bübchen
5 Jahre
Auf Wiedersehen
vergesse Deinen
Opa nicht

und schickte es ihm zum Geburtstag zurück. Nur ein einziges Mal ließ Opa sich von mir fotografieren. Er setzte sich auf die Gartenbank, zwirbelte seinen Schnurrbart und sagte: "Jetzt mach." Ich habe ihm immer die Zehennägel geschnitten, mit solchen Mordwerkzeugen wie Küchenmesser und großer Schere. Manchmal habe ich ihm 'reingeschnitten, dann zuckte er kurz, zog die Luft durch die zusammengekniffenen Lippen ein und sagte: "Nun hör' mal auf!"

Wenn Opa von der Arbeit kam, hatte Omchen das Essen fertig. Pünktlich fand Bübchen sich ein und sagte: "Opa eschen." Opa nahm ihn auf sein Knie und fütterte erst Bübchen, ehe er selbst aß, und freute sich, wenn es dem Kleinen geschmeckt hat.

Als meine Schwester so fünf Jahre alt war, hat er sie gerne geneckt. Er sagte zu ihr: "Ich habe schon so wenig Haare, und du hast so viele, du kannst mir welche abgeben." Dabei tat er so, als nähme er ein Büschel von ihr und setzte es auf seinen Kopf. Sie schrie und hielt beide Hände auf ihren Kopf: "Opa klaut meine Haare." Opa lächelte.

Omchen wollte ihn sehr gerne besuchen. Ein Arbeitskollege von O.W. mit einem Lloyd-Combi hat uns, Omchen, O.W. und mich, gefahren. Gegen Bezahlung, versteht sich. Mama wollte nicht mit, es wäre auch kein Platz gewesen. Opa hat sich sehr gefreut und zeigte uns, wie er dort lebt. Er half in der Küche beim Essenausteilen, harkte die Gehwege und machte sich wo auch immer nützlich. Längst hätte er nach Hause können, er wollte nicht. Beim Abschied hielt er mich lange im Arm, so, als wollte er mich nicht mehr loslassen. Vielleicht ahnte er, dass es das letzte Mal war. Am 2. Januar des nächsten Jahres ist Opa an Herzversagen gestorben.

Verpfuschte Karriere

Mit Lehrstellen war es 1955 genauso schlecht wie heute. Ich wäre gerne Kindergärtnerin oder Friseurin geworden, beides konnte man nur mit Mittlerer Reife lernen. Nicht mal die Stelle als Verkäuferin im Handarbeitsgeschäft konnte ich kriegen. Die nahmen auch ein Mädchen mit Mittelschule. So war meine Karriere schon verpfuscht, ehe sie überhaupt begann.

Noch war ich ein paar Wochen in der Schule. Die letzten vier Jahre hatte unsere Klasse den Lehrer Milinski. Meine Zensuren besserten sich deutlich, er konnte einfach sehr gut mit uns umgehen. Mit seiner Kriegsverletzung musste er manchmal ins Krankenhaus, dann kamen wir uns wie Waisenkinder vor. Wenn er wieder da war, schmückten wir seinen Schreibtisch, nein Pult, mit so vielen Blumensträußen, dass er nicht 'rübergucken konnte. Wir liebten ihn einfach.

Von der sechsten Klasse an hatten die Mädchen einmal in der Woche zwei Stunden Kochunterricht. Jeder musste zwei Mark mitbringen, davon wurden die Zutaten vor dem Unterricht eingekauft. Meine Schulfreundin und ich hatten das Ehrenamt übernommen. Wir kauften das Obst und Gemüse im "Fruchthaus Wilke" ein, das Frau Wilke mit ihrer Tochter in Benefeld betrieb. Wir beide waren schon bekannt und haben immer eine genaue Rechnung bekommen. Mit der Lehrerin Frau Behrends mussten wir abrechnen, unsere Kasse hat immer gestimmt.

Wir waren sechzehn Mädchen und bildeten vier Gruppen. Die Lehrerin hat jedes Mal bei einer anderen Gruppe mitgegessen. Für jede Arbeit hat es Zensuren gegeben. Ich muss es wohl gut gemacht haben. Nach einem Unterricht rief sie mich beiseite und fragte, ob ich schon eine Stelle hätte. Auf mein Nein bot sie mir an, in ihrem Haushalt als Hausgehilfin zu arbeiten. Mein Lohn wären zwei Mahlzeiten am Tag und 35 Mark im Monat. Freudig habe ich zugesagt.

Zur Schulentlassungsfeier haben wir für jeden Schüler und Lehrer einen Vierzeiler gereimt. Von meinem weiß ich nur noch die beiden letzten: „Der Blinddarm wurde ihr rausgeschnitten, darunter hat sie sehr gelitten." Auf dem Flur bauten wir die Tischreihen mit Stühlen auf. Als Tischtücher brachten wir weiße Bettlaken von zu Hause mit. Im Kochunterricht haben wir Kuchen und Torten gebacken, dafür sammelten wir von jedem drei Mark ein. Kaffee kochten wir in der Schulküche. Es war eine schöne Feierstunde. Rektor Hannich überreichte die Entlassungszeugnisse. Jeder musste zu ihm nach vorne kommen, und so manche Träne ist geflossen. Leider hatte die Schulleitung für 72 Schüler nur drei Bücher als

Auszeichnung gestiftet. Ich habe eins bekommen und mich sehr gefreut.

Nach der Konfirmation konnte der Ernst des Lebens beginnen. Meine Schwester schenkte mir ein Gesangbuch von ihrem ersparten Geld. Von meinem Vormund, Herrn Riese, habe ich ein Nagel-Necessaire bekommen. Weil ich die Fingernägel abgekaut habe, wollte er auch nachschauen, ob sie gewachsen sind. Beide Geschenke halte ich heute noch in Ehren.

Frau Behrends wohnte in Jarlingen bei einem Bauern. Ich fuhr jeden Tag die zehn Kilometer mit dem Fahrrad dorthin. Ende Oktober wurde ich entlassen, weil mir der Weg im Winter nicht zuzumuten war. Von meinem selbstverdienten Geld kaufte ich mir ein kleines Radio. Danach habe ich bei der Zahnärztin in Benefeld als Sprechstundenhelferin angefangen. Die Arbeit machte mir Spaß. Als ich gerade mit allem vertraut war, erkrankte meine Chefin an Krebs, ich wurde entlassen.

Mit meiner Schulfreundin ging ich zum Schützenfest in Benefeld. Dort lernte ich meinen ersten Freund kennen, da war ich 17 Jahre alt. Er tanzte mit mir bis es hell wurde, dann brachte er mich nach Hause. Zum Abschied küsste er mich richtig auf den Mund.

Omchen beobachtete mich, wie ich mir ausgiebig die Zähne putzte und das Gesicht wusch. "Warum machst du das?", fragte sie. Nun beichtete ich, um mein Gewissen zu erleichtern. "Ach Omchen, ich glaube, ich kriege ein Kind. Er hat mir beim Küssen seine Zunge in den Mund gesteckt", sagte ich. "Und was habt ihr noch gemacht?" fragte sie weiter. "Nichts weiter, nur geküsst", erzählte ich. "Da kannst du beruhigt sein, davon kriegt man kein Kind", sagte sie. Einmal holte er mich noch auf dem Motorrad zum Kino ab. Ich war verliebt bis über beide Ohren. Dann erzählte er mir, dass er verlobt sei und wir uns nicht mehr sehen könnten. Alle Träume zerplatzt, ein Wechselbad der Gefühle. Aus Liebe, Liebe aus.

Ich schaute mir ausgerechnet den Film "Zwei Menschen" an, eine Geschichte ohne Happy-End. Ich heulte wie ein Schlosshund.

Bübchen verliert ein Auge

Ich hatte meine Zöpfe zu einem Dutt hochgesteckt. Mein Freund zog jedes Mal die Haarnadeln heraus, er mochte gerne langes offenes Haar. Nun, wo es aus war, entschloss ich mich, die Zöpfe abzuschneiden. Der Friseur, bei dem ich anfangen wollte, fragte zweimal, ob ich es auch wirklich will. Mit der Dauerwelle sah ich aus wie neu. Als ich nach Hause kam, hat mich keiner bewundert, alle weinten. "So schlecht sehe ich doch nicht aus, dass ihr weinen müsst", sagte ich. Dann erfuhr ich, was passiert war. Bübchen hat mit den anderen Kindern rumgetobt. Dabei ist er hingefallen, genau mit einem Auge auf ein hochstehendes Stöckchen. Bübchen ist gleich ins Krankenhaus gebracht worden, aber das Auge war nicht mehr zu retten.

Am nächsten Tag habe ich ihn besucht. Beide Augen waren verbunden, sein kleines Gesicht dick angeschwollen. Er hatte Fieber, seine Händchen waren ganz heiß. Meine Stimme hat er erkannt. Ich hatte Angst, er könnte sterben und musste so weinen.

Alle hatten Bübchen gerne, wenn er auch manchmal frech war. Ihm war keiner böse. Onkel Lang schärfte die Kreissäge und rauchte dabei seine Pfeife. Bübchen erzählte und fragte immer etwas. Onkel Lang konnte mit der Pfeife im Mund nicht antworten. Da sagte Bübchen: "Onkel Lang, warum sagst du denn immer hm, hm, sag doch ja oder nein!"

Bübchen wollte die Treppe hochgehen und Herr Müller runter. Er verstellte ihm immer den Weg, ging Bübchen nach rechts, Herr Müller auch, ging er links, Herr Müller auch. Da sagte Bübchen: "Müller, du altes Arschloch, warum lässt du mich nicht vorbei?"

Mit Vorliebe hat Bübchen an den Radioknöpfen gedreht, dass wir manchmal dachten, der Kasten explodiert. Mama und O.W. lachten und freuten sich, was ihr Sohnemann schon alles kann. Es ist ihnen nicht eingefallen, auch ihm die Finger "breitzuschlagen". Später wurde das Radio auf den Küchenschrank gestellt.

Als Bübchen etwa zwei Jahre alt war und erkältet, holten wir Dr. Bollig. Es war schon dunkel, ich saß an seinem Bett, es klopfte und der Doktor kam mit einer Taschenlampe herein. Er machte sie vor ihm immer an und aus. "Gib", sagte Bübchen und streckte die Hände aus. Wieder an und aus. "Gib", sagte er noch einmal. "Nein, die kriegst du nicht", sagte der Doktor. Darauf Bübchen: "Docker doof!" Und der Doktor lachte.

Wir drei waren allein zu Hause. Ich fragte: "Soll ich Rühreier braten?" "Oh, ja", kam die Zustimmung. Bübchen hat für sein Leben gern Eier gegessen. Das Feuer im Herd war nicht mehr so stark, die Eier brauchten lange, ehe sie fertig waren. Bübchen stieg auf den Holzkasten, damit er in die Pfanne sehen konnte, er sagte: "Die esse ich nicht, die sehen nicht wie Rühreier aus." Dann hat er aber doch gegessen. Wir schärften ihm ein, wenn die andern zurückkommen, nichts von den Eiern zu sagen. Als er sie auf der Treppe hörte, lief er ihnen entgegen und sagte: "Ich erzähle euch nicht, dass wir Rühreier gebraten haben." Nur weil Bübchen mitgegessen hat, hat Mama nicht geschimpft.

Tante Lang

Ich hatte viel Zeit zum Radiohören. Alle Schlager habe ich laut mitgesungen. Von Friedel Hensch und die Cyprys bis Rudi Schuricke. Tante Lang kam einmal fragen, welchen Sender ich an hätte, es wären so schöne Lieder. In der Zeit kaufte ich mir meine ersten Nylonstrümpfe. Sie waren sehr zart und mussten vorsichtig gewaschen werden. Zum Trocknen rollte ich sie auf dem Tisch in ein Handtuch ein und schlug mit den Händen drauf, damit es schneller ging. Plötzlich klopfte es an unserer

Tür. Frau Felsch, die unter uns wohnte, beschwerte sich über den Krach. Sie sagte: "Deinen Gesang kann man ja noch ertragen, aber das Klopfen nicht."

Tante Lang war ein fröhlicher Mensch, sie hat gerne gelacht und hörte gerne Witze, die ich ihr erzählte. Zuletzt hatte sie schon so große Schmerzen, dass sie nicht mehr lachen konnte. Ihr Hobby war Klöppeln. Unter ihren geschickten Händen entstanden herrliche kleine Deckchen und Spitzen. Das konnte sie auch nicht mehr, so lange in gebeugter Haltung zu sitzen hielt sie nicht aus.

Als sie ins Krankenhaus musste, hat sie sich von Omchen und mir verabschiedet. Auf der Treppe drehte sie sich um und schaute uns einen Augenblick an. Omchen sagte gleich zu mir: "Wer so sehnsüchtig zurückschaut, kommt nicht mehr wieder." Die Schäferhündin Lux hat ihr Frauchen überall gesucht. Wenn man sagte: "Lux, wo ist Frauchen?" hat sie herzzerreißend gewinselt. Auf den Tag genau ein halbes Jahr nach Opas Tod ist Tante Lang an Leberkrebs gestorben. Sie ist noch operiert worden, aber es war leider zu spät.

Eine Woche hat es gedauert, bis ihre Tochter aus der DDR die Reiseerlaubnis bekam. Der Sommer war sehr schön und der Beerdigungstag besonders heiß. Es gab auf dem Friedhof noch kein Kühlhaus. Gegen den ätzenden Geruch wurde Sagrotan versprizt. Lux hat wohl am meisten gelitten. Sie hat nicht mehr gefressen, als hätte sie verstanden, dass ihr Frauchen nicht mehr wiederkommt. Onkel Lang konnte es nicht mehr ertragen. Ich habe gesehen, wie er mit dem Gewehr über der Schulter langsam in den Wald ging. Lux folgte ihm ohne Leine, als ahnte sie, dass es ihr letzter Weg ist. Ab und zu blieb sie stehen und schaute zurück.

Hochzeit auf dem Mühlenhof

Mama und O.W. brachten ein Stück Fleisch mit, es sollte ein Festmahl werden. Omchen bereitete das Essen vor. Nach dem

Essen hat jeder ein Gläschen Schnaps oder Likör bekommen. Freudestrahlend verkündeten beide: "Wir haben heute Vormittag geheiratet." Wir prosteten dem Brautpaar zu und wünschten Glück. Niemand hat es gewusst, die Geheimhaltung ist ihnen geglückt.

Omchen und ich wuschen danach das Geschirr ab. "Es ist so viel, wie bei einer Hochzeit", meinte Omchen. Es war ja auch eine.

Lederwarenfabrik

Ende Januar wurden mir die Mandeln rausgenommen. Ich hatte dauernd Halsschmerzen, es ging nicht mehr. Mit meiner Tasche und achtzig Pfennig für die Rückfahrkarte fuhr ich mit dem Zug nach Walsrode zum Krankenhaus. Am nächsten Morgen bekam ich eine Beruhigungsspritze und musste zu Fuß in den O.P. gehen. Nach der Operation auf demselben Weg zurück, dieses Mal mit dem Fahrstuhl, nicht über die Treppe. Ich hatte große Schmerzen beim Schlucken, ans Essen war nicht zu denken. Meine Mama hat mich nicht besucht, die unterschriebene OP-Erlaubnis hat sie mir gleich mitgegeben. Omchen ist bei glatten Straßen und eisiger Kälte gekommen. Auf allen Vieren musste sie die kleine Anhöhe vor dem Krankenhaus überwinden. Frau Westermann und ihre Schwiegermutter haben an meinem Bett geweint, wie schlecht es mir ging. Ich war sowieso sehr dünn, nun hatte ich noch zehn Pfund abgenommen. Nach einer Woche bin ich wieder alleine nach Hause gefahren.

Um ein bisschen Geld zu verdienen, machte ich Kunstblumen bei Kirschners. Es gab für einhundert Nelken 1,20 Mark, für einhundert Seerosen 1,80 Mark. Ich saß an hundert Stück vier Stunden. Das Geld war zum Leben zu wenig und zum Sterben zu viel, aber besser als nichts.

Im Sommer fing ich in der Lederwarenfabrik Brehme in Walsrode an. Da verdiente ich in der Stunde dreiundachtzig

Pfennig. Die Arbeitszeit betrug in der Woche 46 Stunden, von Montag bis Freitag je acht Stunden und samstags sechs. Der einzige Nachteil, war, dass ich morgens schon mit dem Zug um 6.10 Uhr fahren musste. Die Steuern und das Fahrgeld abgezogen blieben mir rund 25 Mark die Woche. Damit die Firma das Weihnachtsgeld einsparte, wurde ein Drittel der Leute entlassen. Ich war leider auch dabei, konnte aber im neuen Jahr wieder anfangen. An einem Tag in der Woche musste ich zur Berufsschule, dann begann ich erst um 14 Uhr.

An so einem Tag stand ein fremder Mann bei meiner Kollegin an der Steppmaschine. Sie lachten und alberten, ich schaute nur kurz hin und machte meine Arbeit. Er hat mich auch gesehen, sofort kam er zu mir, und ich wurde ihn nicht wieder los. Ich hatte gerade eine Enttäuschung hinter mir, mit dem wollte ich absolut nichts anfangen. Wenn ich Feierabend hatte, begleitete er mich zum Bahnhof. Einmal flüchtete ich ins Pförtnerhäuschen und bat den Kollegen: "Manfred, schließ deine Bude zu und bring mich zum Zug." Das durfte er leider nicht machen. Ich musste los, sonst war der Zug weg. An der nächsten Ecke wartete mein Begleiter mit einem Bonbon auf mich. Ungeschickt ließ ich ihn fallen, er sah es, sofort gab er mir einen neuen. Er hieß Martin, war persischer Student, bei uns machte er so etwas Ähnliches wie ein Praktikum.

Ich fragte Frau Vehlow und Frau Succo, wie ich ihn höflich, aber bestimmt los werden könnte. Ihre Vorschläge waren nicht befriedigend. Dafür hatte ich den Namen "Soraya" weg.

Am Tag seiner Abreise gab mir der Student einen Brief. Mein erster Liebesbrief, ich las ihn zu Hause. Ich war froh, den Alptraum los zu sein, und dachte nicht im Geringsten daran zu antworten, aber den Brief möchte ich abdrucken.

In seinem Brief ist   *Walsrode, 28.8.1957*
hier die Adresse

       Mein Liebes Fräulein

Ich habe Sie zu erstenmal gesehen, und sie haben
mir gleich gefallen. Wir sprachen ein paar
Minuten zusammen, aber Sie wollten nichts von
mir wiesen. Ich mochte Sie um einwieder sehen,
aber sie sagten nein. Weiß ich nicht
warum Sie haben so geantwortet.
Wenn Sie wollen bestimmt Sie können.
Ich mochte weiter mit Ihnen Du rufen,
und ich bitte, sei nicht böse.
Mein Liebe! Ich mochte zu Dir schreiben
Ich liebe Dich, aber Du willst nichts von mir
wiesen, und Du kannst nicht in meinem Herz
verstehen, aber ich mochte Du mich verstehen.
Das weiß ich, deine Eltern sagen, Du darfst
nicht, aber Du bist jetzt nicht kleines Mädchen
und Du muss über deine Zukunft nachdenhen,
und Du muss auch in deinem Leben kennenlernen.
Mein Liebe! Das Leben ohne die Leidenschaft
ist nicht schön.
Ich bin ein Persiener (Christ) Student in Deine
Heimat, und ich muss noch 5 Jahre studieren, ich
habe die Leidenschaft, und ich habe ein Persienes Fräulein
geliebt, aber es war älter als ich, und jetzt ich
habe es ganz vergessen, und ich bin zweiundzwanzig
Jahre alt. Ich bin schon 8 Monate in Deutschland
Ich habe bei einem Lehrer drei Monate Deutsch gelernt,
aber nichts ganz gut, und ich muss noch lernen.
Meine Liebe! Ich habe in Deutschland bis
heute viele Mädchen gesehen, aber alles waren egal
für mich. Aber wann ich habe Dich zu erstenmal
gesehen, Du hast mir gleich gefallen, denn man
kann nicht Deine Augen vergessen, und auch ich

*kann nicht Deine schöne Augen vergessen.
Ich habe bis heute nicht wie Du ein Schwer-
mutiges Mädchen gesehen, bestimmt meine Liebe
Du bist nett für mich, aber das ist sehr schade,
denn kannst Du nicht mich verstehen.
Meine Liebe, auf jeden Fall, heute fahre ich
nach Hannover und ich komme nicht mehr zurück,
aber du bist meine Leidenschaft.
Verzeihe mir, dass ich so viel geschrieben habe.
Ich habe viele Fehler geschrieben, aber ich glaube,
Du kannst von meinem Schreiben verstehen.
Ich bitte Dich, wenn Du willst, Du kannst gut denken,
und ich lade nochmal Dich in Hannover ein,
und ich schicke zu Dir die Fahrkarte.
Wenn Du meine Einladung nicht an-
nehmen willst, bitte schreibe einen kurzen Brief.
Aber ich mochte weiter mit Dir in Schriftwechsel bleiben
wie Kamaradschaft.
Meine Liebe, ich vergesse nicht Deine wünder schöne
Augen, und Du bist meine Lieblig.*

Herzliche Grüße von Martin

In den vielen Jahren, die ich mit der "Heideeule" (Triebwagen) fuhr, ist sie ein einziges Mal entgleist. Die Weiche stand nach rechts und der Zugführer lenkte geradeaus zum Bahnhof. Der Triebwagen kippte erst etwas zur einen, dann zur anderen Seite und blieb neben den Schienen stehen. Wir Fahrgäste kamen mit dem Schrecken davon. So schnell waren noch nie alle draußen. Es hätte nichts Großes passieren können, die Geschwindigkeit war so kurz vor dem Bahnhof schon stark vermindert.

Ich bleibe bei Omchen

O.W. hatte von der Firma eine Wohnung bekommen. Nicht sehr groß, aber doch viel mehr Platz als in zwei Zimmern. Nun zogen sie aus, und Omchen und ich blieben zurück. Ein komisches Gefühl war es schon. Nie war die Rede davon, dass sie mich mitnehmen. Mama war vielleicht sehr froh, denn nicht nur sie, sondern auch O.W. bemerkte, dass ich erwachsen wurde.

Jeden Sonntag sind wir beide mit dem Bus nach Bomlitz gefahren, den Rest des Weges, etwa drei Kilometer, legten wir zu Fuß zurück und besuchten sie. Das war Mama schon zu viel, sie sagte: "Ihr müsst nicht jeden Sonntag herkommen." Wir stellten die Besuche ein und lernten, alleine zu leben.

Mein kleiner Bruder hatte plötzlich Heimweh nach dem Mühlenhof. Er wollte noch einmal bei uns schlafen. Also gut, Omchen und ich schliefen in ihrem Bett, Mama und der Kleine auf meiner Couch. In der Nacht fing er an zu jammern, er wollte doch lieber nach Hause. Er kam nicht zur Ruhe, und wir konnten auch nicht schlafen. "Das machen wir nicht noch einmal", schimpfte ich am Morgen.

Der Kleine wurde sehr verzogen. Mit zwei Jahren machte er immer noch das große Geschäft in die Hose. Westermanns Glucke kam uns zu Hilfe. Nach dem Mittagsschlaf ging er immer sofort hinter die dicke Eiche, mit dem Starenkasten, und drückte in seine saubere Hose. Die Glucke war gerade mit ihren Küken da, als eins piepte, machte sie sich kraus und sprang ihn an. Dabei hat er sich so erschrocken, dass er von Stund' an "sauber" war. Wenn er sich doch einmal wieder hinter den Baum schleichen wollte, sagten wir nur: "Pass' auf, Westermanns Glucke ist schon da!"

Mein traurigstes Weihnachtsfest, Omchen fühlte sich nicht wohl, sie ging früh zu Bett. Ich hörte am Radio das Heiligabend-Programm, dabei blätterte ich in einem Musterheft für Pullover, Omchen hatte mir Wolle geschenkt.

Im nächsten Frühjahr wurde meine Schwester aus der Schule entlassen. Mama hatte ihr eine Stelle in einer Pension in Bad Eilsen besorgt. Bloß weit weg, sie wurde auch erwachsen. Es ließ mir keine Ruhe, ich musste sie besuchen. Helmut, der

Sohn von Mamas Nachbarin hatte ein Motorrad. Ich fragte ihn, ob er mit mir da hinfahren würde. Er war einverstanden, am Sonntag sollte es losgehen. Seine Freundin hat mir ihren Lederdress und die Stiefel geliehen. Unterwegs fing es an zu regnen. Wie Nadelstiche peitschten die Tropfen ins Gesicht. Helmut hielt an einer Tankstelle, wir brauchten Benzin. Ich fragte ihn: "Kann ich sitzenbleiben?" "Besser ist es, wenn du dir die Beine vertrittst", riet er mir. Ich stieg ab, im gleichen Moment dachte ich, meine Beine sind nicht mehr da. Ich hatte gar kein Gefühl, das kam erst nach ein paar Schritten wieder.

Meine Schwester war sehr verschüchtert, sie weinte gleich, als sie uns sah. Frei hatte sie nicht, sie musste noch die Toiletten putzen. Ich wollte ihr helfen, sie wehrte ab: "Das kannst du nicht, die kontrollieren nachher." Was sie alles machen musste für so wenig Geld. Ausnutzen ist gar kein Ausdruck. In ihrem Zimmer war es so kalt, dass wir feuchte Sohlenabtritte hinterließen. Beim Abschied winkte sie lange hinterher. Ich schwor mir, von den Sklaventreibern holst du sie weg. Nie vergesse ich diesen Anblick, wie verlassen sie am Scheunentor stand. Am liebsten hätte ich sie sofort mitgenommen. Zu Hause habe ich nicht mal übertrieben, wie schlecht sie es da hat. Helmut bestätigte, was ich erzählte. "Wenn sie da bleibt, geht sie kaputt", sagte ich. Omchen unterstützte mich. O.W. besorgte ein Auto mit Fahrer und holte sie zurück. Zu mir sagte Mama: "Du wolltest sie da weg haben, nun sieh auch zu, dass sie Arbeit findet."

Jeden Samstag gingen meine Schwester und ich in Walsrode auf "Derby", Stellensuche. Wir wollten schon enttäuscht aufgeben, da haben wir doch noch eine Stelle im Haushalt gefunden. Bei einer Familie mit drei kleinen Kindern konnte sie auch gleich anfangen. Wenn ich morgens vom Bahnhof zur Firma ging, kam ich an dem Haus vorbei, sie stand am Fenster und winkte mir fröhlich zu.

Blaubeeren

Frau Reinbold wohnte in der Uferstraße, sie war Witwe, hatte sechs Kinder und half Omchen für etwas Geld beim Wäschewaschen. Mama lag längere Zeit zwei Mal mit Becken-Thrombose im Krankenhaus. Omchen und Frau Reinbold verstanden sich sehr gut, sie erzählten sich gegenseitig von ihren Schicksalen. Ihre älteste Tochter Leni verdiente sich unter anderem durch Blaubeerensammeln ein paar Mark.

An jenem Samstag brachte Leni um die Mittagszeit für Mama zehn Kilogramm Blaubeeren in einem Marmeladeneimer. Meine Schwester hatte am Nachmittag frei, wir beide wollten zusammen etwas unternehmen, es war wohl der heißeste Tag im Jahr. Omchen bestand darauf, dass wir in der Gluthitze die Blaubeeren acht Kilometer weit zu Mama nach Bomlitz trugen.

Gehorsam machten wir uns auf den Weg. Abwechselnd trug jede den Eimer ein Stück, dann trugen wir ihn gemeinsam. Der dünne Henkel des Eimers schnitt in unsere Hände, dass sie schon ganz dick wurden. Auf der Hälfte des Weges, immer in praller Sonne, waren unsere Kräfte erschöpft. Damals waren an der Chaussee junge Blutbuchen im Abstand von zehn Metern gepflanzt worden. An jedem Bäumchen stellten wir den Eimer für ein paar Minuten ab und wechselten die Seiten.

Der Endspurt ging endlich im Schatten durch einen kleinen Wald. Völlig überhitzt und verausgabt kamen wir bei Mama an. Die Blaubeeren waren durch das viele Abstellen zu Saft geworden. Mama wetterte auch gleich auf uns los: "Seid ihr verrückt geworden, in der Hitze zu kommen, und was soll ich mit dem Matsch anfangen?" Nach dem wir uns etwas erholt und getrunken hatten, rückte sie das Geld für die Blaubeeren raus und wir gingen zurück. Es war immer noch sehr heiß, aber ohne den Eimer ging es doch wesentlich leichter.

Wenn ich heute an dieser Chaussee vorbei komme, denke immer an den Weg mit den Blaubeeren. Die kleinen Blutbuchen von einst, sind inzwischen zu stattlichen Bäumen herangewachsen und werfen große Schatten.

Eine Herde schwarzer Schafe

Am 20.10.1958 reiste unser Bundespräsident Theodor Heuss nach England. Sein schwäbischer Charme ist bei der englischen Presse gut angekommen. Sie schrieben in den Tageszeitungen:

"Professor Heuss, ein feiner Mann, das Oberhaupt einer Herde schwarzer Schafe."

Das hat mich so geärgert, dass ich alle mühsam zusammengetragenen Zeitungsausschnitte von Königin Elizabeth ins Feuer gesteckt habe. Ich war fasziniert von dem Märchen der kleinen Lilibeth, die Englands Königin ist. Ein großer Farbbericht von ihrer Krönung am 2.6.1953 war in der Illustrierten "Quick". So viele bunte Illustrierten gab es damals noch nicht, wer sie kaufte, wollte sie auch für sich aufheben. Manchmal musste ich betteln, dass ich sie zerschneiden durfte. Die Bilder und Berichte füllten in den Jahren einen Schuhkarton. Omchen fragte: "Warum verbrennst du alle deine Schätze?" "Ich will kein schwarzes Schaf sein", sagte ich. Omchen lächelte.

Wahre Freundschaft

Im Zug lernte ich Uschi kennen. Sie und ihr Ehemann Gerd waren gerade aus der DDR geflüchtet. Ihr Mann fand bei Wolff und Co. einen Arbeitsplatz und Uschi bei Brehme in der Lederbekleidung. Sie wohnten auch in Benefeld, deshalb fuhren wir im selben Zug. Ich bin oft bei ihnen zu Gast gewesen, so langsam entwickelte sich unsere Freundschaft, die heute nach vierzig Jahren immer noch hält. Eines Abends fand ich unter unserer Zimmertür einen Brief mit einem Rezept: "Wir haben beide Grippe, bitte bring uns die Medikamente mit." In Benefeld und Bomlitz gab es noch keine Apotheke, man musste mit jedem Rezept nach Walsrode fahren.

Am nächsten Abend ging ich gleich zu ihnen. Vor ihrer Tür stand ein Mann im Ledermantel, der offensichtlich schon geklingelt hatte. Ich dachte, es sei ein Vertreter, weil sie sich einen Kühlschrank kaufen wollten. Ich fragte den Herrn: "Wollen Sie zu Klebers? Da können Sie nicht hin, die haben beide die Grippe, ich bringe ihnen die Medikamente." Er sagte: "Deshalb komme ich ja." So eine Unverschämtheit, jetzt lassen diese aufdringlichen Vertreter noch nicht mal Kranke in Ruhe, dachte ich. In dem Moment machte Uschi die Tür auf und sagte: "Guten Abend, Herr Dr. Börschmann, kommen Sie bitte herein!" Bis zum Hals stand ich im Fettnäpfchen, verlegen gab ich die Tabletten ab und ging. Dr. Börschmann war aus Bomlitz, ich kannte ihn nicht. Wenn wir uns daran erinnern, lachen wir heute noch darüber.

Einige Jahre später zogen sie in eine größere Wohnung und schafften sich einen Fernseher an. Damals liefen die mehrteiligen Durbridge-Krimis, man sagte auch "Straßenfeger", weil sie so spannend waren, dass alle Leute zuschauten. Uschi und Gerd luden mich auch zum Krimi ein. Wenn er anfing, war es noch hell, wenn er aus war, musste ich im Dunkeln alleine nach Hause gehen. Es gab noch keine Straßenbeleuchtung. Von den Eindrücken des Films vermutete ich hinter jeder Mülltonne einen Verbrecher. Aber zur nächsten Folge ging ich wieder hin. Vor kurzem sprachen wir über diese Zeit. Uschi fragte ihren Mann: "Warum hast du sie nicht nach Hause gebracht?" Er antwortete: "Ich hätte ja gerne, aber du hast mich nicht gelassen!" Dabei lächelte er ganz verschmitzt.

Umzug

Bei Brehme freundete ich mich mit Karin, einer Arbeitskollegin, an. Zusammen sind wir ins Kino oder zum Tanzen gegangen. Zwei Dinge hemmten unsere Unternehmungen. Erstens: Wir hatten beide sehr wenig Geld, und zweitens: Die Entfernung bis Fallingbostel. Karin bat ihren Vater, uns manchmal zu fahren.

In der Karnevalszeit nahmen wir zum Maskenball auch meine Schwester mit. Karin besorgte die Kostüme. Ich ging als Zigeunerin, wie die beiden sich maskiert hatten, weiß ich nicht mehr. Es wurden auch Preise vergeben, leider haben wir drei keinen abbekommen.

Im Mühlenhof war es nicht mehr schön, die Alten zogen aus und die Neuen hielten sich zurück. Omchen und ich stellten einen Antrag bei der IVG für zwei Zimmer. Es hat auch nicht lange gedauert, und wir konnten umziehen. Onkel Lang half uns dabei. Unser Holz und die Kohlen hatte er schon 'rübergeschafft. Noch eine Nacht schlafen, dann kamen die Möbel dran. Man hängt immer am Vertrauten. Ich sagte zu Omchen: "Weißt du, wir holen das Holz und die Kohlen wieder zurück und bleiben hier." "Du bist wohl wild geworden, ich mache mich doch nicht zum Affen", entrüstete sie sich. Nach einer Nacht in der neuen Wohnung wollte ich nicht mehr zurück. Die Räume waren hell und die Sonne schien herein.

Im Möbelgeschäft Hintze, das in einer Baracke des Steinlagers untergebracht war, kauften wir auf Raten einen Tisch und einen Schrank. Da ich noch nicht volljährig war, musste Omchen mit unterschreiben. Ich verdiente schon etwas mehr. Jede Woche brachte ich eine Rate von zwanzig Mark hin.

Karin hatte an unserem Umzugstag Geburtstag und holte mich mit ihrem Vater zu ihrer Feier ab. Ich war hundemüde und hatte überhaupt keine Lust zum Feiern, bin aber doch mitgegangen.

Omchen bekam einen hartnäckigen Hautausschlag. Der Doktor schickte sie ins Krankenhaus.

Der Mensch lebt nicht von Brot allein. In Walsrode bot eine Frau für Berufstätige Mittagstisch an. Das Essen war nicht teuer, aber auch nicht besonders gut. Ich hatte eine halbe Stunde Mittagspause und hetzte zehn Minuten hin, zehn Minuten essen und zehn Minuten zurück. Sehr bekömmlich war es nicht, aber anders ging es nicht. Umso schöner war es, als Omchen wieder da war.

In der Fabrik wurde immer Betriebsurlaub gemacht. Karin und ich planten eine Reise an die Ostsee. Vorher war in Fallingbostel Schützenfest. Karin lernte zwei junge Männer kennen. Sie verabredete sich mit ihnen für das nächste Wochenende. Ihre Eltern waren verreist, wir hatten sturmfreie Bude. Wir wollten ein Festmahl bereiten für die Herren, dabei haben wir uns in Unkosten gestürzt. Dann kam der Samstag, das Essen war fertig, wir warteten mit klopfenden Herzen. Wenn sie nicht gekommen wären, wir hätten nicht alles essen können. Endlich, ein VW-Käfer fuhr auf den Hof. Wir empfingen unseren Besuch vor der Tür. Was ich damals noch nicht wissen konnte:

Ich gab dem Mann meines Lebens zum ersten Mal die Hand.

Der Mühlenhof (Gedicht)

Ein Gutshaus, erbaut um die Jahrhundertwende.
Der Zweite Weltkrieg brachte den Besitzern das Ende.
Viele Flüchtlinge erfüllten es mit neuem Leben,
von den schönen alten Bäumen umgeben.
Vorbei war die Blüte nach vielen Jahren,
man konnte es nicht vor dem Verfall bewahren.
Schließlich kam die Abrissbirne herbei
und brach die alten Mauern entzwei.
Die Bäume im Park könnten von den Geschichten
und Träumen der einstigen Bewohner berichten.
Die Natur breitet gnädig den Mantel darüber.
Es war einmal ... zieht die Erinnerung leise vorüber.

Magda Kleiber

Nachwort

Wenn ich alles im Nachhinein betrachte, hatten wir auf dem Mühlenhof, unter den alten Eichen, eine glückliche Kindheit. Wir sind in der Natur, in Wald und Wiese, mit Tieren, Pferd, Kuh, Schweinen, Hühnern, Enten, Gänsen, Kaninchen, Hunden, Katzen und sogar Nerzen aufgewachsen.

Aber wie lebten wir damals ohne Fernsehen, Auto und Telefon? Man kann es sich heute kaum noch vorstellen. Deshalb habe ich meine Geschichte für meinen Mann und meine beiden Söhne aufgeschrieben, damit sie sich ungefähr ein Bild machen können, wie es war, als ich Kind war.

Es ist sehr schade, dass das Gutshaus, in dem so viele Familien lebten, verfallen ist und schließlich abgerissen wurde. Damals wollte ich, wenn ich groß bin, ein Hotel daraus machen, ich habe so gerne Betten bezogen.

Von den alten Bewohnern sind schon fast alle verstorben. Wir, die Kinder von einst, sind heute nach 50 Jahren die "Alten."

Ich denke gerne zurück an die Zeit im

        M ü h l e n h o f.

Magda Kleiber

Bomlitz, 16.04.1998